Ernst Macher

Weit außerhalb der Komfortzone und trotzdem nie am Ziel

Mehr von den DigITellers
und dem Rest der coolen Gang

Zum Autor:

Ernst Macher studierte Wirtschaftswissenschaften in Wien und war zweieinhalb Jahrzehnte in internationalen Großunternehmen in den Bereichen Vertrieb & Marketing tätig. Seine beruflichen Erfahrungen und gesellschaftlichen Beobachtungen sind die Grundlage für diesen zweiten satirischen „DigITellers"-Kurzgeschichtenband.

Ernst Macher

Weit außerhalb der Komfortzone und trotzdem nie am Ziel

Mehr von den DigITellers
und dem Rest der coolen Gang

© 2024 Ernst Macher

2. Auflage: Oktober 2025

Buchcover & Illustrationen: Raul Pubens

Lektorat: Michaela Hlousa-Weinmann

Verlag: BoD · Books on Demand GmbH, Überseering 33,

22297 Hamburg, bod@bod.de

Druck: Libri Plureos GmbH, Friedensallee 273, 22763 Hamburg

ISBN: 978-3-7693-0190-8

Inhalt

Die neuen DigITellers

Das Taschenbuch (oder E-Book), das Sie gerade in Ihren Händen halten, ist die Fortsetzung des satirischen Kurzgeschichtenbands „Einmal raus aus der Komfortzone und wieder zurück". Anhand der fiktiven Firma „DigITellers" werden erneut Buzzwords und Floskeln der Geschäftswelt thematisiert. Die insgesamt sieben Kurzgeschichten gehen diesmal aber weit über interne Unternehmensspielchen hinaus. „Weit außerhalb der Komfortzone und trotzdem nie am Ziel" setzt sich auch mit gesellschaftlichen und politischen Fragen auseinander. Vor allem in der zweiten Hälfte des Buches werden auch ernstere Themen aufgegriffen, wie zum Beispiel die vollständige Kommerzialisierung unserer Welt oder der Einfluss von Social Media auf den politischen Diskurs. Dem Grundsatz folgend „Humor ist, wenn man trotzdem lacht" überwiegt aber stets ein heiterer Grundton. Dieser ist bei den ersten vier Geschichten - „Bescheidenheit ist (k)eine Zier", „Nöhlers amouröser Neustart", „Wiener Schmäh 2.0" sowie „Ein Quantensprung kommt selten allein" - besonders ausgeprägt.

Bei „Gestrandet in der Schönen Neuen Welt" sowie „Weinmann wählt" schwingt hingegen auch ein gewisses Maß an Unbehagen und Ratlosigkeit mit. Es stellt sich die Frage, inwieweit sich aktuelle gesellschaftliche und politische Entwicklungen mit der Satire noch vertragen. Entscheiden Sie selbst.

Wie bereits im ersten Band wären etwaige Ähnlichkeiten der Protagonisten mit lebenden Personen rein zufällig und in keinster Weise beabsichtigt. In jedem Fall wünsche ich Ihnen bei der Lektüre viel Vergnügen. Es hat Spaß gemacht, die „DigITellers und den Rest der coolen Gang" zwei Bücher lang satirisch zu begleiten.

Ihr Ernst Macher

Bescheidenheit ist (k)eine Zier

„Gütiger Himmel, hat sich der Bodensatz der Gesellschaft jetzt auch hier breitgemacht?! O tempora, o mores!"
Angewidert schüttelte Unger den Kopf und wandte sich Wohlfahrt zu. Dieser gab sich nicht so kritisch.

„Ach sei doch nicht so, Ferdinand! Sag mir noch einen Ort, wo der Schampus so köstlich prickelt und man noch dazu mit dem einfachen Volk auf Tuchfühlung gehen kann. Das geht nur im Schwarzen Dromedar!"

„Das vulgäre Gehabe dieser Zugereisten ist trotzdem enervierend. Nimm zum Beispiel diesen Ukrainer am Nebentisch! Der hat mir gerade meinen Stammparkplatz weggeschnappt und verschandelt jetzt mit seiner Proletenschüssel die Gegend! Wie kann man nur auf die Wahnsinnsidee kommen, sich einen knallroten Porsche Cayenne zu kaufen?! Bei einem solchen visuellen Affront ist es doch unmöglich, seinen Champagner zu genießen! Und über seine Rolex spreche ich erst gar nicht. Die ist ohnehin der feuchte Traum jedes Kellners!"

Wohlfahrt seufzte. „Da ist schon etwas Wahres dran. Aber kann man den *Nouveaux Riches* tatsächlich einen Vorwurf machen? Understatement, mein lieber Ferdinand, wird nicht jedem mit der Muttermilch mitgegeben."

„Das mag schon sein", erwiderte Unger, seines Zeichens Corporate Communication Leiter der Wiener Privatbank Märmarie. „Kann dieser Pöbel nicht unter sich bleiben? Mein Großvater pflegte immer zu sagen: „Setze nie einen Bettler auf den Thron. Er wird das Reich in seiner Einfalt in den Untergang führen."

„Wie recht du hast! Vulgarität, so weit das Auge reicht!"

„Nimm zum Beispiel meine Uhr", setzte Unger fort. „Ja, sie ist ein horologisches Meisterwerk und ja, sie ist eine Limited Edition! Aber muss das denn die ganze Welt wissen?"

„Natürlich nicht", erwiderte Wohlfahrt. „Aber vielleicht kannst du trotzdem ein wenig aus dem Nähkästchen plaudern?"

Unger seufzte.

„Ist dir die Marke *„Fromage Du Temps"* ein Begriff?"

„Vom Hörensagen durchaus, aber die Details, lieber Ferdinand ..."

„Das ist eine winzig kleine Manufaktur in der französischsprachigen Schweiz. In jedes Ziffernblatt fließen mehr als dreihundert Stunden Handarbeit, und jedes Jahr verlassen gerade einmal zehn Stück die Manufaktur. Man muss sich auf eine Warteliste setzen lassen und vor dem Kauf beim

Firmengründer vorsprechen. Ich dürfte ihm jedenfalls zu Gesicht gestanden haben."

Stolz zwinkerte Unger seinem alten Studienkollegen zu.

„Wunderbar, Ferdinand. Das hast du dir wirklich verdient", erwiderte dieser. „Darauf wollen wir einen trinken!"

Ein letztes Mal klirrten an diesem lauen Sommerabend die Champagnergläser. Dann empfahl sich Wohlfahrt aus familiären Gründen. Sein Sohn Julian, Handballnationaltorhüter in spe, hatte am Vormittag bei einem Kreisligaspiel eine ordentliche Abreibung bekommen. 33:5 war sein Team vom Platz geschossen worden. Ihm kam nun die unselige Aufgabe zu, seinen Sprössling zu trösten und ihm zu erklären, dass das Handball-Armageddon nicht das Ende der Welt sei.

„Vielleicht hat so ein Debakel ja auch was Gutes", meinte er zum Abschied. „Fabian soll nächstes Jahr mal die Matura machen und dann Wirtschaft oder Jus studieren. Dass er nach diesem Fiasko noch Profitorhüter werden möchte, kann ich mir beim besten Willen nicht vorstellen. In diesem Sinne: Bis nächsten Freitag und Grüße an die Frau Gemahlin!"

„Werde ich ausrichten. Und lass dir wegen deinem Sohn keine grauen Haare wachsen. Unsere Söhne finden schon ihren Weg."

„Wie recht du hast, lieber Ferdinand!"

Stinkwütend stieg Unger zehn Minuten später in seinen schneeweißen VW ID.7 und fuhr heim nach Klosterneuburg. Die letzte Stunde war für ihn eine einzige Demütigung gewesen. Zunächst hatte ihm dieser Ukrainer mit seinem knallroten Proloschlitten den Parkplatz weggeschnappt. Dann hatte dieser ausgerechnet am Nebentisch Platz genommen und so laut gequasselt, dass ein zivilisiertes Gespräch mit Wohlfahrt unmöglich wurde. Dabei hatte Unger alles versucht, diesen Barbaren in seine Schranken zu weisen. Zuerst hatte er ihm einen strengen Blick zugeworfen, sich dann vornehm geräuspert und schließlich gesagt: „Excusez-moi, wir würden gerne in Ruhe parlieren." Doch alle Bemühungen waren vergeblich gewesen. Im Gegenteil! Der SUV-Protzer, der eine ausgesprochene Frohnatur zu sein schien, hatte sich entschuldigt und ihn und Wohlfahrt dann sogar auf ein Glas Champagner eingeladen.

„Ich bin der Yevgen", hatte sich der Mann aus Kiew vorgestellt und dann mehrfach das Glas auf die ewige ukrainisch-österreichische „Druschba" erhoben. Unger war daher gezwungen gewesen, auf eine von seiner Seite aus nicht vorhandene Freundschaft mit einem proletenhaft gekleideten Emporkömmling anzustoßen. Er selbst hasste aufdringlich zur Schau gestellte Marken. Die Entdeckung einer neuen Luxusmarke mit dem Namen „The No Brand Company", deren Logo „NBC" nur auf der Innenseite der Kleidung appliziert war, begeisterte Unger. So sah wahres

Understatement aus! Der Kleidungsstil des Ukrainers zeugte bedauerlicherweise vom genauen Gegenteil.

Am meisten ärgerte sich Unger aber über Wohlfahrts Handball-Anekdote. Die Niederlage von dessen Sohn beim Handball war sicherlich unangenehm gewesen. Trotzdem hatte dieser, im Unterschied zu seinem Tobias, die siebente Klasse ohne Probleme absolviert. Sein Sprössling hingegen hatte in den letzten Monaten zwar maximal beim weiblichen Geschlecht gepunktet, schulisch aber umso kläglicher versagt. Ende Juni waren schließlich drei Entscheidungsprüfungen angestanden, und nur durch eine „Sonderintervention" Ungers hatte der lebenslustige junge Mann in Mathematik und Physik gerade noch die Kurve gekratzt. Schuldirektor Blank war gegen eine diskrete „Turnhallen-Spende" bereit gewesen, „mögliche Prüfungsfragen" im Vorfeld offenzulegen. Nur bei der Entscheidungsprüfung in Psychologie hatte Unger auf jegliche Einflussnahme verzichtet, was sich furchtbar rächen sollte. Tobias war nach einer durchzechten Nacht mit einem Riesenkater angetreten, und sein Wissen zur Freud'schen Triebtheorie ließ sehr zu wünschen übrig. Seine Antwort „Triebe machen immer Freude" wurde vom Professor jedenfalls als wenig profund beurteilt. Dass er sich anschließend vor der ganzen Klasse übergeben musste, machte die Sache nicht besser. Der Neo-Frauenschwarm war daher aufgefordert worden, bei der Nachprüfung Anfang September nochmals sein Glück zu versuchen. Nun war es bereits Mitte August, und Tobias hatte noch immer keinen Strich gelernt.

Als Unger eine halbe Stunde später die Hausgarage am Klosterneuburger Ölberg erreichte, atmete er tief durch. Der Tag im Büro und der Ausklang im Schwarzen Dromedar waren herausfordernd gewesen, doch hatte er seiner Frau versprochen, Tobias noch an diesem Abend abzuprüfen. Ursprünglich wäre Susanne diese Aufgabe zugefallen. Die Woche zuvor hatte sie ihren Sohn noch regelrecht bedrängt, sich endlich mit Freud & Co. auseinanderzusetzen, dann aber war ihr etwas dazwischengekommen. Ein Star-Yogi aus Sri Lanka war kurzfristig im Klosterneuburger Yogazentrum angekündigt worden, und Susanne ging dessen Foto nicht mehr aus dem Kopf. Der Typ war eine echte Kanone. Nicht nur beherrschte er die Yogatechniken Hatha, Vinyasa, Ashtanga und Kundalini, auch in Sachen Aussehen ließ er keine Wünsche offen mit seinem dunklen lockigen Haar, einem Blick tiefer als der Marianengraben und einem Körper wie Adonis.

Susanne musste bei diesem spirituellen Großereignis einfach dabei sein, und so bearbeitete sie ihren Mann ganze drei Tage lang, ihr das Abprüfen von Tobias doch ausnahmsweise abzunehmen. Dieser weigerte sich zunächst standhaft, da er mit seiner in Aussicht gestellten Turnhallenspende ohnehin schon alles Menschenmögliche getan hatte. Da Susanne aber stur blieb, zeigte er sich schließlich doch bereit, die bescheidenen Psychologiekenntnisse seines Sohnes auf Vordermann zu bringen.

„Also, welche Kapitel sind wirklich relevant? Dieser Psychologieheini muss dir doch irgendwelche ‚Tipps' gegeben haben", sagte er augenzwinkernd zu seinem Sohn, während er lustlos das Skriptum durchblätterte.

„Ursprung, Grund und Ausprägung der Umweltbewegung in den 70er und 80ern und deren Entwicklung bis heute", gähnte Tobias.

„Das ist aber nicht dein Ernst, oder?"

„Wieso?"

„Na, weil das Thema so banal ist!", erwiderte Unger. „Damals gab es Hainburg, die Antiatomkraftbewegung, dann natürlich den Reaktorunfall in Tschernobyl 1986, den sauren Regen …"

„Wahnsinn, das weißt du alles?", fragte Tobias erstaunt.

„Natürlich, das ist doch Allgemeinwissen! Non vitae sed scholae discimus"[sic!], meinte Unger stolz und verwies dann auf die entsprechenden Seiten im Skriptum.

„Was?", fragte Tobias.

„Nicht für die Schule, sondern für das Leben lernen wir. Dieser Unterschied muss dir immer bewusst sein, hörst du? Sonst noch ein ‚Geheimtipp', was kommen KÖNNTE?"

„Ja, Professor Wegseher hat gemeint, ich soll mir irgendeine Maselpyramide anschauen. Keine Ahnung, was das sein soll."

„Die was? Meinst du vielleicht die Maslowsche Bedürfnispyramide?"

„Hmm, kann sein. Das Ding sah jedenfalls aus wie ein Gugelhupf."

Unger schüttelte den Kopf.

„Mein Gott, wie kann man so etwas Verstaubtes überhaupt noch unterrichten! Das ist irrelevanter als das geozentrische Weltbild!"

„Das was?"

„Vergiss es! Also prinzipiell gingen die Psychologen im letzten Jahrtausend davon aus, dass die Befriedigung menschlicher Bedürfnisse immer denselben Gesetzen folgt und keine Stufe übersprungen werden kann. In einfachen Worten ausgedrückt: Zuerst kommt das Fressen, dann der Besitz und am Schluss die Selbstverwirklichung. Aber heute stimmt das natürlich nicht mehr. Nimm zum Beispiel deine Mutter und mich: Besitz war uns nie wichtig. Gegen gutes Essen und ein gutes Buch habe ich vielleicht nichts einzuwenden, aber eben alles in Maßen! Understatement und

Bescheidenheit – darauf kommt es im Leben wirklich an, und dafür kämpfe ich jeden Tag privat und beruflich."

Tobias verdrehte die Augen.

„Also dieser Maslow hat bei seiner Theorie auf Leute wie dich und Mama vergessen?"

„Möglicherweise ein wenig!", antwortete Unger und senkte in tiefer Demut sein Haupt.

„Papa, darf ich vor der Prüfung noch zehn Tage runter nach Kroatien? Sebi hat mir geschrieben, dass sein Vater neue Jet-Skis gekauft hat und sie jeden Tag mit dem Motorboot rausfahren. Angeblich soll das Klima in Split ideal zum Lernen sein, da kann ich mein Wissen sicher perfektionieren. Die Maturaklasse wird ohnehin sehr anstrengend werden."

Unger überlegte. Sebastians Vater war ein hohes Tier im Bankwesen, und eine enge Freundschaft wäre seiner Karriere sicherlich zuträglich. Außerdem war Sebastian bereits zwei Jahre älter als sein Sohn, und diese Reife hätte gewiss einen positiven Einfluss auf dessen Lerneifer. Die Nachprüfung selbst war an Lächerlichkeit ohnehin nicht zu überbieten. Schuldirektor Blank hatte Wegseher nach Tobias' vergeigter Entscheidungsprüfung angewiesen, im Falle der Fälle „beim Unger ein besonders großes Auge" zuzudrücken. Die Turnhallenspende war nämlich, das wusste Blank nur zu gut, noch nicht ganz in trockenen Tüchern.

Auf Basis der angestellten Überlegungen zeigte Unger daher Verständnis für seinen Sohn.

„Also gut, aber nur wenn du mir versprichst, dass du in Kroatien ordentlich lernst. Alles klar?"

„Du bist der Beste, Papa", rief Tobias und fiel Unger um den Hals. „Den Masel habe ich im September sowas von drauf. Du wirst stolz sein auf mich!"

„Maslow", korrigierte Unger dezent. „Wenn du mich jetzt aber entschuldigst. Ich möchte mir diesen Buddenbrooks-Film auf Netflix anschauen."

„Den was?", fragte Tobias.

„Die Verfilmung eines berühmten deutschen Bildungsromans. Es geht um den Aufstieg und den Fall einer deutschen Kaufmannsfamilie."

„Pfff", meinte Tobias. „Stört es dich eh nicht, wenn ich heute noch kurz in den „Volksgarten" schaue? Heute ist Techno Night – das ist einfach das Größte!"

Unger störte es nicht. Er war ohnehin schon in die opulente Thomas Mann-Verfilmung vertieft.

„Ja, ja", sagte er geistesabwesend.

„Du bist der Beste!", erwiderte Tobias daher ein zweites Mal an diesem Abend und salutierte ab. Jetzt war Party angesagt!

Unger konnte nun endlich entspannen. Die letzte Woche hatte ihm einiges abverlangt, und auch der morgige Abend würde es in sich haben. Er und Susanne waren zu einer „Save the Planet"-Gala im Wiener Prater eingeladen, wo sich die Creme de la Creme der Wiener Gesellschaft ein

Stelldichein gab. Unger würde die Aufgabe zukommen, im Namen der Märmarie Bank dem WWF einen zehntausend-Euro-Scheck zu überreichen. Sein Arbeitgeber wollte mit dieser Summe einen Beitrag zur Rettung des geschundenen Planeten Erde leisten, und Unger sollte eine Rede halten, die an der wohltätigen Gesinnung seines Unternehmens keinen Zweifel ließ. Salbungsvolle Worte lagen ihm, und so fertigte er bereits während des Buddenbrooks-Films einen ersten Entwurf an.

Sehr geehrte Damen und Herren,
Bereits letztes Jahr hat die Märmarie Privatbank fünftausend Euro für den Artenschutz gespendet. Im Haus des Meeres erfreut sich unser gesponserter und geliebter Goldfisch Rudi noch immer bester Gesundheit. Dieses Jahr verdoppeln wir die Summe und retten damit die ganze Erde! Zu besonderem Dank verpflichtet bin ich aber auch ... "

brachte Unger zu Papier. Nach der Hälfte der Thomas Mann-Verfilmung übermannte ihn jedoch der Schlaf.

Susanne kam an jenem Abend sehr spät nach Hause. Leise, ganz leise, öffnete sie die Tür und schlich sich auf Zehenspitzen an Unger vorbei. Dieser brach beim Schnarchen gerade alle Lautstärkenweltrekorde.

Trotzdem wachte er auf, da seine Frau über Tobias' Lehrbuch, das dieser nach dem gemeinsamen Büffeln auf den Wohnzimmerboden geschmissen hatte, gestolpert war.

„Wo warst du so lange?", murmelte er.

„Pssst", wisperte Susanne. „Ich war im Yogazentrum. Spirituell gesehen war der Abend unglaublich. Wir treten bald in ein neues Zeitalter ein. Trotzdem bin ich jetzt todmüde. Gute Nacht."

Unger schlief in jener Nacht jedoch NICHT gut. Susannes Ausflüge ins Klosterneuburger Yogazentrum interessierten ihn zwar weniger als Goldfisch Rudis Gesundheit. Trotzdem ärgerte ihn, dass Susanne kein einziges Wort über den Abend verloren hatte und sich auch am nächsten Morgen in Schweigen hüllte. Irgendwann reichte es ihm.

„Was macht ihr eigentlich in diesem Zentrum? Wenn man sich bis zwei Uhr früh verrenkt, muss man sich ja wie ein Plastilinmännchen fühlen! Oder ist das Ganze ein Debattierklub?", echauffierte er sich.

„Es ist immer dasselbe mit dir", verteidigte sich seine Frau. „Purer Materialismus und ein dunkelrot leuchtendes Wurzelchakra, das mit dem deines Freundes Wohlfahrt um die Wette leuchtet! Zigmal hat dir der Hatha-Yogi beim letzten Detox-Retreat geraten, barfuß zu gehen. Gib dem Spirituellen doch zumindest eine Chance!"

„Und kann mir der Hatha-Yogi auch sagen, wie ich barfuß durch die Bank laufen soll? Das ist gegen unseren Dresscode! Andererseits war dieses Schickimicki-Retreat so teuer, dass ich mir ohnehin bald keine Schuhe mehr leisten kann!", legte Unger nach.

Susanne verdrehte die Augen. Dann warf sie ihre Serviette auf den Tisch und stand auf.

„Findet diese Spendengala heute Abend nun statt oder nicht?"

„Natürlich! Sag bloß, die hast du auch vergessen?"

„Nein, hab' ich nicht!" giftete Susanne zurück. „Allerdings habe ich nichts Vernünftiges zum Anziehen, und einen Kosmetiktermin lässt dein Geiz wohl nicht zu, oder?"

Unger stöhnte. Jedes Mal, wenn seiner Frau etwas gegen den Strich ging, zückte sie die „Spiritualität schlägt Geiz"-Karte.

„Da hast du achthundert Euro. Das wird wohl reichen für ein strahlendes Lächeln in die Kamera, oder?"

Susanne verzog den Mund.

„Ich wiederhole: Knallrot leuchtet dein Wurzelchakra! Geh wenigstens einmal barfuß durch den Garten. Dann schaffst du es bis zum Abend vielleicht zum Homo semi-sapiens!"

Die Barfußwanderung durch den Garten entfiel. Nachdem es Unger zudem nicht gelungen war, den im Morgengrauen zurückgekehrten Tobias aufzuwecken, fuhr er erneut zum Schwarzen Dromedar. In Sachen Outfit beschloss er, diesmal dem so markenaffinen Pöbel ein wenig entgegenzukommen. Er verzichtete auf seine NBC-Klamotten, von dem am Tag zuvor niemand Notiz genommen hatte, streifte einen fliederfarbenen Lacoste-Pullover über, schlüpfte in graue Chinos von Boss und legte eine Rolex Daytona Limited Edition an.

„Ey, *Druschba naswegda*! (Freundschaft auf ewig)", rief ihm die Kiewer Frohnatur diesmal schon von weitem zu und lud ihn sogleich auf ein Gläschen Champagner ein. Ungers ursprüngliche Skepsis wich einem ersten soziologischen Interesse. Man parlierte und sozialisierte, und so erfuhr er einiges über Yevgens steinigen Weg vom Gebrauchtwagenverkäufer zum erfolgreichen Firmeninhaber. Irgendwann landete man beim Thema Mode und Stil. Himbeerfarbene Sakkos und Goldkettchen hätte er einst in den wilden Neunzigern in Kiew getragen und einen auf dicke Hose gemacht, erzählte Yevgen. In Wien hätte er aber aus seinen Fehlern gelernt und sich zu einem modischen Connaisseur entwickelt. Unger kommentierte diese Selbsteinschätzung nicht weiter, doch festigte sich mit jedem Schluck Champagner die *Druschba* zwischen den beiden Männern. Nach vier Gläschen Champagner ging es dann beschwingt zurück nach Klosterneuburg.

Dort war Tobias soeben aufgestanden und stellte fest, dass das Mischen unterschiedlichster alkoholischer Getränke für einen klaren Kopf am nächsten Morgen bedingt förderlich ist. Susanne war noch immer shoppen und hörte daher sein Jammern nicht. Als Unger die Haustür öffnete, vibrierte sein Handy.

„Warte nicht auf mich. Ich komme direkt zur Spendengala.
PS: Um Deinen Geldbeutel zu schonen, erscheine ich heute in meinen alten Fetzen und mit Pickel auf der Stirn. Ich hoffe, du findest Geiz dann noch immer geil und kannst schleimig in die Kamera grinsen!"

Unger schüttelte den Kopf. Die WhatsApp-Nachricht war typisch für Susanne. Jedes Mal, wenn sie auf etwas keine Lust hatte, packte sie ihre „In Wahrheit bin ich ein Hippie und brauche nur Luft und Liebe"-Masche aus. Zutiefst lächerlich war das Ganze. Seine Ehe war auch schon mal besser gewesen.

Dennoch entwickelte sich die abendliche Spendengala im Wiener Prater zu einem rauschenden Fest. Ein gut erhaltener 90-jähriger Immobilientycoon trumpfte mit seiner mittlerweile fünften Ehefrau auf, ein ehemaliger Opernballmoderator überzeugte erneut mit seinem blendenden Aussehen, und auch die anderen B-, C- und D-Prominenten küssten sich charmant durch den Abend.

Auch Unger war in Hochstimmung. Aufgrund der Zehntausend-Euro-Spende der Märmarie Bank war ihm und Susanne ein VIP-Tisch zugeteilt worden, an dem eine ehemalige Fernsehmoderatorin und der Leiter der Bildungsdirektion Wien saßen. Angeregt diskutierte man bis zum

Hauptgang den Stellenwert der Digitalisierung im Bildungs-wesen und war sich einig, dass trotz aller Fortschritte noch die eine oder andere Extrameile zu gehen wäre.

„Non scholae sed vitae discimus, höhöhö", meinte der Bildungsdirektor und stieß mit den Ungers dann auf den letzten Pisa-Test an.

„Hohoho", erwiderte Unger und ergänzte dann „Quod erat demonstrandum!"

Mit „Hihihi" zeigte sich schließlich auch Susanne solidarisch und lobte die österreichische Bildungspolitik über den grünen Klee.

Dann begann der offizielle Teil des Abends. Zu den Klängen von Michael Jacksons „Heal the World" bedankte sich der Wiener Bürgermeister zunächst für die wunderbare Veranstaltung und übergab dann an den guterhaltenen Ex-Opernballmoderator. Dieser begeisterte mit charmanten Anekdoten zum Thema Klimawandel und betonte, dass jeder der Anwesenden seinen Beitrag für eine bessere Welt leisten müsse – eine Feststellung, die mit tosendem Applaus honoriert wurde. Dann folgte der monetäre Höhepunkt des Abends: Unger kam mit seiner Frau auf die Bühne und verkündete im Namen der Märmarie-Bank, dass es dieser ein Herzenswunsch sei, für Goldfisch Rudi und auch für die nächste Generation einen lebenswerten Planeten zu hinterlassen. Nun kannte die Begeisterung kein Halten mehr. Alle B-, C- und D-Prominenten klatschten, und der Head of Corporate Communication durfte strahlend den 2x1 Meter großen Hochglanzkartonscheck über zehntausend Euro in die Kamera halten. Ungers salbungsvolle Worte entfielen an jenem Abend. Die Welt zu retten machte einen Riesenspaß, und so konnte er sich im Anschluss mit ruhigem Gewissen seinem Dessert widmen.

„Good Job! Ich habe übrigens keinen Pickel auf deiner Stirn bemerkt. Wenn du noch fünf Kilo abspeckst, bekommen wir nächstes Jahr sogar den Platz am Bürgermeistertisch, hohoho", sagte er gutgelaunt zu seiner Frau.

„Das glaube ich kaum, denn ich werde dich verlassen, hihihi", erwiderte diese und prostete ihm zu.

Diese Antwort fand Unger weniger amüsant. Wie nach einem Tiefschlag von Mike Tyson verschluckte er sich am Champagner und musste husten. Hinzu kam, dass der Bildungsheini neben ihm Susannes Antwort offensichtlich mitgehört hatte. Verlegen lächelte ihn dieser jedenfalls an, was Unger in seiner Vermutung noch bestärkte – und wütend machte.

„So ein Scheck würde euch Bildungstotengräbern wohl auch guttun!", schleuderte er diesem entgegen. „Wenn man das Schulsystem aber so gegen die Wand fährt wie Sie, wird daraus wohl nichts werden."

Dann hustete er nochmals, tupfte sich die letzten Champagnerperlen von den Lippen und verkündete lautstark:

„Wir gehen! Gegen dieses Trauerspiel ist sogar Goldfisch Rudi ein Entertainer!"

Auf der Heimfahrt herrschte dicke Luft. Susanne sagte kein Wort, und auch Unger wollte sich keine weitere Blöße geben.

„Hast du einen anderen?", entfuhr es ihm kurz vor dem Kreisverkehr zum Stift Klosterneuburg dann aber doch.

Sie seufzte.

„Das ist es nicht. Es ist einfach dieses Festhalten am Materiellen und deine Arroganz. Das kannst du mit deinem Wurzelchakra aber nicht verstehen."

„Also, du hast jemanden?", bohrte Unger weiter.

„Ich habe jemanden kennengelernt, aber das ist es nicht …"

„Ich wusste es! Wahrscheinlich irgendein Schicki-Micki-Esoteriker mit vollem Herzchakra, langen braunen Locken, gütigem Blick und durchtrainiertem Body, richtig?"

„Ich kann nichts dafür. Er kam vor zwei Tagen in unser Yogazentrum. Es ist eine magische Verbindung, die nicht von dieser Welt ist", verteidigte sich Susanne.

„Ich wusste es!" brüllte Unger nun für ganz Klosterneuburg hörbar durch das Auto. Wir klären alles Weitere, wenn Tobias in Kroatien ist. Es interessiert mich jetzt schon brennend, wie du dir deine Zukunft mit Yogi ‚Schießmichtot' vorstellst!"

Tobias bekam von den Querelen seiner Eltern in dieser Nacht nichts mit. Von der letzten Nacht im „Volksgarten" immer noch schwer gezeichnet, war er ausnahmsweise früh zu Bett gegangen, um sich für seine Reise nach Split auszuschlafen. Lernmotivator Sebi sollte ihn dort schon am nächsten Tag vom Bahnhof abholen. Zudem bemühten sich seine Eltern, die Klärung ihrer „unüberbrückbaren Differenzen" teilweise zu vertagen. Eloquent und untergriffig, aber leise warfen sie sich die halbe Nacht Gemeinheiten an den Kopf, bevor sie todmüde und stinksauer in ihre getrennten Betten fielen. Am Ölberg hing der Hausfrieden nun echt schief.

Leider sollten die ehelichen Differenzen aber nicht das einzige Problem des Corporate Communication Managers bleiben. Auch in der Märmarie Bank zeigten sich kurz nach dem Spendengala-Debakel dunkle Wolken am Horizont.

„Kollege Unger, hätten Sie die Freundlichkeit, mir zehn Minuten ihre ungeteilte Aufmerksamkeit zu schenken?", bat ihn Horner, sein Vorgesetzter, zwei Tage später in dessen Büro.

„Wie soll ich es ausdrücken, langjähriger Wegbegleiter?", begann dieser. „‚Tempora mutantur, nos et mutamur in illis' pflege ich immer zu sagen."

„Wie bitte?", erwiderte Unger.

„Die Zeiten ändern sich, und wir ändern uns mit ihnen", übersetzte Horner. „Wir werden in Zukunft wohl getrennte Wege gehen."

„Was?", entgegnete Unger.

„Ja, Sie haben richtig gehört. Der ROI unserer Events ist unterirdisch. Niemand nimmt mehr Notiz von Goldfisch Rudi, ‚Save the Planet'-Kartonschecks oder ähnlichem Blödsinn. Wir müssen den PR-Bereich völlig neu aufstellen, und für diesen Job sind Sie einfach der falsche Mann!"

„Wir machen nun also auch ‚Green Washing' und ‚Pink Washing'?"

„Nennen Sie es ‚CO_2 neutral' und ‚inklusiv'. Aber das ist nur ein Teil des Problems. Es ist Ihre plötzliche Volksnähe, die mich irritiert. Nehmen Sie doch Ihre ständigen Ausflüge ins Schwarze Dromedar, Ihren Drang, sich dem Pöbel an den Hals zu werfen, ihre ungewohnte Lockerheit. Nun ja, *Amicus certus in re incerta cernitur'*. „Wie bitte?", erwiderte Unger erneut.

„‚Ein wahrer Freund zeigt sich auch in unsicherer Lage'. Ich nehme aber an, dass sie diesbezüglich ohnehin keine Probleme haben werden. Unglaublich, mit welchen Leuten Sie in letzter Zeit Umgang pflegen. Für ein adrettes Pressefoto mag das opportun sein, aber im privaten Bereich? ‚O tempora, o mores' kann ich da nur sagen! Was für Zeiten!"

„Ja, ist das denn nun auch verboten?", protestierte Unger.

„Aber nein! Ich habe durchaus Verständnis! Der Schampus fließt. Man stößt mit dem gewöhnlichen Volk an, sozialisiert ein wenig und so folgt eines auf das andere. Alles nicht tragisch, aber als Traditionsbank", – und an dieser Stelle seufzte Horner – „haben wir eben einen Ruf zu verlieren. Das werden Sie doch sicher verstehen, oder?"

Unger verstand rein gar nichts – und wollte auch nichts verstehen. Das erste Mal seit seinem Eintritt in die Bank flogen die Pfeile tief. Horner versuchte weiterhin, seinen langjährigen Mitarbeiter mit lateinischen Sprüchen mundtot zu machen. Unger reagierte auf diese Versuche wiederum mit konsequentem Ignorieren und signalisierte seinem Chef, dass er sich die Sprüche sonst wohin stecken könne. So ging es hin und her, und letztlich einigte man sich darauf, dass Unger eine Abfertigungszahlung von neun Monatsgehältern erhalten würde und mit sofortiger Wirkung freigestellt sei.

Aufgrund des beruflichen Tiefschlags verschärfte sich auch die Situation in Klosterneuburg weiter. Susanne verbrachte während des eineinhalbwöchigen Urlaubs von Tobias mehr Zeit im lokalen Yogazentrum als in den letzten zwei Jahren insgesamt. Der Asana-Yogi hatte sich dort einquartiert und kümmerte sich rührend um sie. Unger hingegen fand das weniger prickelnd und war zunehmend der Meinung, dass eine Frau mit abgeschlossener Energetiker- und Feng-Shui-Ausbildung auch fähig wäre, sich in Zukunft selbst zu erhalten und etwaige Unterhaltszahlungen nicht nötig hätte. Der schnöde Mammon würde nur ihre Chakren besudeln, warnte er sie. Susanne sah das leider anders. Ihr drittes Auge signalisierte ihr, dass das Herzchakra ihres neuen Seelenpartners wohl sensationell ausgeprägt war, sein Wurzelchakra aber unterentwickelt wäre. Folglich entdeckte sie das erste Mal seit ihrer Hochzeit die Vorzüge banaler Materie. Einige Tage später riet ihr das Universum zudem, sich diese Materie notfalls mit einem Anwalt zu schnappen. Nun flogen nicht nur die persönlichen Pfeile, sondern auch die juristischen Messer tief.

Tobias bekam indes vom Rosenkrieg seiner Eltern in Kroatien herzlich wenig mit. Die Jetskis, die Sebis Vater wenige Wochen zuvor gekauft hatte, waren im Dauereinsatz, und Ungers Sohn stellte mit Freude fest, dass sein Charme nicht nur im Wiener Volksgarten auf fruchtbaren Boden fiel. Die Clubs in Split waren großartig, die Mädchen hübsch, das Wasser glasklar und die Drinks erschwinglich. Dagegen hatten die Ökologiebewegung der 70er und 80er Jahre sowie die Maslowsche Bedürfnispyramide einen schweren Stand.

Vier Tage vor der anstehenden Wiederholungsprüfung siegte dann aber doch die Einsicht, dass ein Blick in das noch immer unangetastete Lehrbuch nicht schaden würde. Eifrig wurden erstmals Lernstrategien gewälzt, bis man sich schließlich einig war, dass man letzte Wissenslücken auch auf dem funkelnagelneuen Motorboot von Sebis Vater stopfen könne. Dieser wusste vom maritimen Lerncrashkurs zwar nichts, doch war man überzeugt, dass sich das Heck des Motorboots perfekt zum Lernen eignen würde und Sebi nicht nur ein exzellenter Lerncoach, sondern auch ein umsichtiger Skipper wäre. Maslow & Co. würden so endlich eine faire Chance bekommen.

Gesagt, getan! Mit enormem Lerneifer und vollem Tank stieß man kurz nach dem Strategiebeschluss in die kristallklare adriatische See und begoss das Auslaufen bald mit einem ersten Bierchen. Diesem folgte ein zweites, dann ein drittes. Sebis Vermutung, dass er als Skipper eine gute Figur machen würde, bewahrheitete sich. Souverän steuerte er das Boot über die zunehmend stürmische See, während Tobias weiter auf einen geeigneten Lernzeitpunkt wartete. Irgendwann beschloss man, die Motorleistung des Wellenreiters auszutesten. So zeigte der Speedometer bald 20, 25 und dann 30 Knoten, was den begeisterten Split-Fans unisono ein „Wir sind die Könige der sieben Weltmeere!" entlockte.

Bei 37 Knoten passierte dann das Malheur. Tobias war es gerade gelungen, freihändig am Bug zu balancieren, als den begeisterten Kapitän plötzlich eine heimtückische Welle überraschte. Wie eine von Elon Musks SpaceX-Raketen hob das Boot ab, und als es wieder aufsetzte, befanden sich weder Skipper Sebi noch Büffler Tobias mehr an Bord. Unter Ächzen und Prusten kämpften sich diese an die Oberfläche der adriatischen See zurück. Tobias' Psychologie- und Sozialkundeskriptum soff jedoch ohne jegliche Hoffnung auf Bergung ab.

„So schöne Boot, so dumme Boys", konstatierten die Beamten der kroatischen Küstenpolizei, als sie die beiden aus dem Wasser fischten, das Boot konfiszierten und Sebis Vater von deren „Heldentat" berichteten. Dieser war wenig begeistert. Der letzte Abend des Urlaubs endete mit einer Gardinenpredigt, die sich gewaschen hatte, und schon am nächsten Morgen ging es zurück nach Wien. Während der Heimfahrt herrschte eine frostige Atmosphäre. Die Könige der sieben Weltmeere waren ungewöhnlich still. Maslow und die ökologische Bewegung lagen ungelernt irgendwo am adriatischen Meeresgrund. Als Lerncoach hatte Sebi fulminant versagt, und so erreichte Tobias den Klosterneuburger Ölberg genauso ahnungslos wie er ihn verlassen hatte. Nur zwei Tage trennten ihn nun von der lästigen Nachprüfung.

„Ich bin wieder da", verkündete er kleinlaut, als er das elterliche Zuhause betrat. Doch es kam keine Antwort. Susanne weinte sich gerade bei ihrem Seelenpartner im Yogazentrum aus und fragte sich, warum ein Mann mit vollem Herzchakra nicht auch ein volles Wurzelchakra haben könne. Unger wiederum war im Schwarzen Dromedar, wo er mit Yevgen eine weitere Flasche Schampus köpfte. Eine richtige Männer-*Druschba* war in den letzten zehn Tagen entstanden, wobei der Kiewer in der Zwischenzeit zum Karriere- und Liebesberater Ungers avanciert war. Am Tag vor der entscheidenden Prüfung merkte Tobias dann aber auch, dass der familiäre Haussegen gewaltig schief hing. Dass seine Eltern kein einziges Wort über das Motorboot-Fiasko verloren hatten, störte ihn zwar nicht. Dass sie seine Prüfung aber ebenfalls kein einziges Mal erwähnt hatten, irritierte ihn nun doch ein wenig.

„Papa, kannst du mir das mit dem Masel noch einmal erklären? Ich habe noch zwei, drei Fragen zu diesem Bedürfnis-Gugelhupf", bat ein etwas verunsicherter Tobias seinen Vater.

„Maslow!", brüllte Unger zurück. „Wenn du aber eine Expertin zum Thema ‚Bedürfnisse' benötigst, wende dich vertrauensvoll an deine Mutter. Die kennt sich bei diesem Thema blendend aus!"

„Und wenn du wissen willst, wie sich spiritueller Analphabetismus gepaart mit beruflicher Inkompetenz anfühlt, wende dich vertrauensvoll an deinen Vater", brüllte Susanne zurück und knallte die Tür hinter sich zu. Unger hatte seiner Frau wenige Stunden zuvor mit diebischer Freude mitgeteilt, dass er aufgrund seiner Kündigung nicht so liquide wie früher sei und sie sich, was Unterhaltszahlungen betraf, keine großen Hoffnungen machen solle. Tobias verzichtete folglich auf einen letzten Wissenscheck durch seine Eltern. Aber auch bei seinen Schulkollegen hatte er kein Glück. Keinen einzigen erreichte er, und so blieb ihm letztlich nur mehr Wikipedia, die heilige Müllhalde im Falle völliger Ahnungslosigkeit.

Pünktlich um neun Uhr fand sich Tobias am nächsten Morgen in vereinbarten Klassenzimmer ein. Sowohl Direktor Blank als auch Psychologieprofessor Wegseher nickten ihm aufmunternd zu und baten ihn, Platz zu nehmen. Nun war die Zeit gekommen, sein hart erarbeitetes Psychologie- und Sozialkundewissen unter Beweis zu stellen.

„Du hast genau zwanzig Minuten Vorbereitungszeit für beide Prüfungsfragen. Bitte versuche, faktenbasiert zu argumentieren und konkrete Beispiele zu nennen", bat ihn Professor Wegseher fast schon flehentlich.

Tobias schluckte. Der Blick seines Lehrers war zwar mehr als wohlwollend, doch waren sie an diesem Vormittag nicht allein. Ein Beamter aus dem Bildungsministerium, ein gewisser Bohrmann, hatte sich drei Tage zuvor angekündigt, um den angesetzten Nachprüfungen stichprobenartig beizuwohnen. Tobias' Prüfung war eine solche Stichprobe, und der Mann wirkte ähnlich humorvoll wie Darth Vader aus Star Wars.

Zumindest bei den Prüfungsfragen gab es keine Überraschung. Die „Tipps", die Tobias vor den Ferien erhalten hatte, standen nun schwarz auf weiß auf dem Prüfungsbogen. Nach der Vorbereitungszeit trat der Urlaubsheimkehrer daher optimistisch vor seine Henker. Die Prüfung begann.

Tobias schlug sich tapfer. Nach anfänglichem Stottern berichtete er über ein Atomkraftwerk, das man nach der Fertigstellung wieder stillgelegt hatte und über die heldenhafte Verteidigung eines Auwaldes mitten im Winter. Dann betonte er, dass sich die Leute in jener grauen Vorzeit nicht auf Straßen geklebt, sondern an Bäume gekettet hatten. Die Ortsnamen „Zwentendorf" oder „Hainburg" ließ Tobias unerwähnt, dennoch nickte Professor Wegseher wohlwollend, und auch die dunkle Macht aus dem Ministerium machte keinen Mucks.

Dann kam die zweite Prüfungsfrage.
„Masel meinte ...", begann Tobias.
„Maslow meinte", korrigierte der noch immer um die neue Turnhalle bangende Schuldirektor sanft.

„Ja, genau. Maslow meinte, dass die Leute ständig was wollen. Erst soll was Anständiges auf den Tisch. Dann wollen sie eine coole Bleibe, wo es zumindest nicht reinregnet. Und wenn sie die haben, sollen natürlich auch Freunde nach Hause kommen. Ich meine, wer will das nicht? Naja, und wenn auch das flutscht, muss schließlich eine Freundin her und Zeit zum Chillen. All das erklärte dieser Maslow", psychologisierte Tobias stolz.

„Vielleicht ein wenig salopp ausgedrückt, aber die wesentlichen Punkte doch abdeckend. Kannst du mir vielleicht noch sagen, ob man das Konzept auf heute übertragen kann? Oder gibt es historische Unterschiede?", stellte Wegseher nun seine letzte Frage.

„Definitiv!", antwortete Tobias zunehmend selbstsicher. „Das Konzept taugt heute so viel wie ein Blackberry oder ein anderes vorsintflutliches Smartphone. Geld hat man heute schon, aber es ist nicht mehr so wichtig. Heute geht es um Bescheidenheit, Energiearbeit und so."

„Sind Sie sich da ganz sicher?", mischte sich nun das erste Mal der graue Mann aus dem Bildungsministerium ein.

„Ja natürlich", antwortete Tobias. Mein Vater arbeitet zum Beispiel in der Bank und hat echt viel Kohle. Die ist ihm aber nicht wichtig. Daher verschenkt er sie ständig bei irgendwelchen Veranstaltungen. Und meine Mutter meditiert den ganzen Tag und ist dankbar."

„Das ist ja wirklich höchst erfreulich", meinte Bohrmann zunehmend interessiert. „Und darf ich auch wissen, in welcher Bank Ihr Vater arbeitet?"

„In der Märmarie Privatbank", sagte Tobias stolz. „Er ist ein echter Autist."

„Ein Altruist", korrigierte Blank am anderen Ende des Tisches dezent.

Bohrmanns Gesicht hatte sich zu diesem Zeitpunkt aber bereits verfinstert.

„Wie heißt dein Vater nochmal? ", fragte er nach.

„Ferdinand Unger. Er spendet ständig für den Planeten und so."

„Wie schön für ihn", entgegnete Bohrmann nun scharf und führte sich Tobias Prüfungsfragen nochmals genauer zu Gemüte. Vor allem die letzte Stufe der Maslowschen Bedürfnispyramide und deren konkrete Ausprägungsformen schienen den Mann plötzlich brennend zu interessieren. Er stellte unangenehme Detailfragen, und als Tobias auf diese nichts zu sagen wusste, feuerte er schließlich Ausdrücke wie „falsche Bescheidenheit", „Präpotenz" und „Manipulation" in dessen Richtung ab. Immer lauter wurde seine Stimme, immer roter sein Gesicht, und zu guter Letzt setzte der zwei Wochen zuvor Erniedrigte zu einem verhängnisvollen Schlussplädoyer an.

„Lieber Herr Unger", begann Bohrmann. „Wissen Sie, was Arthur Schopenhauer über die Bescheidenheit gesagt hat?"

Tobias schüttelte den Kopf.

„Was ist die Bescheidenheit denn anderes als geheuchelte Demut, mittelst welcher man in einer von niederträchtigem Neide strotzenden Welt Vorteile erlangen will?"

zitierte er wütend und warf Tobias dabei einen bitterbösen Blick zu.

„Heute gibt es für falsche Bescheidenheit auch den neudeutschen Ausdruck ‚Understatement' – die wohl widerlichste Form der Arroganz und Ignoranz. Diese spielt bei der heutigen Prüfung keine wirkliche Rolle. Trotzdem muss ich Ihnen mitteilen, dass Ihre heutigen Antworten leider NICHT ausreichend waren, um in die Maturaklasse aufzusteigen. Es tut mir schrecklich leid."

Tobias hatte an diesem Tag mit Maslow kein Masel. Entsetzt starrte er Bohrmann an und verließ dann wortlos das Klassenzimmer. Professor Wegseher und Direktor Blank verstanden die Welt nicht mehr. Nur Bohrmann war offensichtlich zufrieden.

„Manchmal muss man bei der Generation Z eben Kante zeigen", meinte er und verließ dann mit geballter Faust das

Schulgebäude. Das triumphale „Das hast du davon, Du Spendengala-Arsch!", entkam ihm erst am Schulparkplatz.

Als Tobias auf den Ölberg zurückkehrte, fühlte er sich wie nach einer Kreuzigung. Doch damit nicht genug. Unger nahm ihn nach der vermasselten Prüfung ebenfalls ins Kreuzverhör und beklagte sich, dass er eine solch missratene Familie nicht verdient hätte. Susanne ließ das wiederum nicht auf sich sitzen, nannte Unger einen beruflichen Versager und schmiss eine Vase nach ihm. Die Stimmung in Klosterneuburg war nun endgültig im Keller, was dazu führte, dass Tobias noch am selben Tag seine Sachen packte und zu seinem Onkel in den sechzehnten Wiener Gemeindebezirk zog. Dieser hatte weder zu Ferdinand noch zu Susanne Unger einen Draht und gab zudem Tobias nicht für alles die Schuld.

Schulisch hatte es Ungers Sohn nun aber doppelt schwer. Nachdem die Märmarie-Bank den Direktor informiert hatte, dass Unger nicht mehr angestellt und die Turnhallenspende daher obsolet sei, gab Blank Tobias Unger im Lehrerzimmer zum Abschuss frei. Ein „Nicht Genügend" jagte das nächste. Als zu Weihnachten sieben Vorwarnungen zu Buche standen, passierte aber das Unfassbare: Tobias begann zu kämpfen. Erste Erfolgserlebnisse stellten sich ein, Verhaltensänderungen folgten, und schließlich bestand er die siebente Klasse. Im Jahr darauf maturierte er sogar „mit ausgezeichnetem Erfolg" und studierte dann mit Begeisterung Psychologie und Soziologie. Noch Jahrzehnte später sollte er behaupten, dass die letzten beiden Schuljahre die wertvollsten seines Lebens gewesen waren.

Prägend waren die beiden Jahre auch für seine Eltern. Finanziell kam es am Ölberg nämlich zu einem gewaltigen Hangrutsch. Nach einem waschechten Rosenkrieg, vom dem primär die Anwälte profitierten, verkaufte Unger das Haus in Klosterneuburg. Susanne machte sich selbstständig. Ihre Feng-Shui- und Klangschalentherapieberatung hob allerdings nie wirklich ab. Nach einer dreimonatigen Anfangseuphorie mit dem sri-lankischen Yogi befand sie zudem, dass sie doch einen Mann mit einem volleren Wurzelchakra verdient habe. Die Männer kamen, deren Wurzelchakra blieb jedoch stets enttäuschend. Das Karma kann ein echter Hund sein.

Auch Unger hatte Stress. Ganze neun Monate dauerte es, bis er beruflich wieder Boden unter den Füßen spürte. Die meisten Unternehmen konnten mittlerweile mit Sponsoring so viel anfangen wie mit Goldfisch Rudi, und so heuerte er schließlich als Sustainability & Diversity Manager bei einem Startup an.

Yevgens beruflicher Aufstieg ging hingegen unvermindert weiter. Sein Unternehmen wuchs stetig, und bereits zwei

Jahre später beschäftigte er mehr als zweihundert Mitarbeiter. Dieser berufliche Erfolg färbte auch auf seinen persönlichen Geschmack ab. Der Kiewer schwört mittlerweile auf dezente Farben und nobles Understatement. Seinen knallroten Porsche Cayenne hat er längst verkauft. Er fährt heute einen hellgrauen E-Audi SQ8 e-tron und fragt sich, warum sich so viele Menschen mit auffälligen, knalligen Farben in Szene setzen müssen. Unger hat wiederum seinen einstigen Vorbehalt gegen bekannte Marken revidiert. Seit dem verlustreichen Verkauf seines Hauses hat er ein Faible für kräftige Farben wie Himbeere, Rot und Gold entwickelt. Im Schwarzen Dromedar eilt ihm mittlerweile der Ruf voraus, ein richtig bunter Hund zu sein. Er und Yevgen köpfen aber bis heute gerne gemeinsam die eine oder andere Flasche Champagner.

 Anspieltipp:
Les nouveaux riches (1986)
Falco

Nöhlers amouröser Neustart

„Nöhler, setzen Sie sich! Ich muss ein ernstes Wort mit Ihnen reden!"

Aufgebracht wies CEO Hoppenstett den mit Abstand erfolgreichsten Business Development Manager der DigiTellers an, Platz zu nehmen. Allzu lange hatte er sich vor diesem Gespräch gedrückt. Der letzte Skandal ließ ihm nun aber keine Wahl mehr. Die Stunde der Wahrheit war gekommen.

„Mit Vergnügen, Herr Direktor", antwortete Nöhler und ließ sich betont lässig auf der beigefarbenen Couch im Büro seines Chefs nieder. Wie immer sah er fantastisch aus. Sein bordeauxfarbenes Sakko bildete einen harmonischen Kontrast zu seinen smaragdgrünen Augen, das graue Slim Fit-Flanellhemd betonte jeden Muskel seines durchtrainierten Oberkörpers, und die kunstvoll zerschlissenen schwarzen

Jeans gaben ihm das Flair eines verwegenen Abenteurers. Was für ein Mann! Dass dieser Frauenschwarm zwei Jahre zuvor bei den DigiTellers angeheuert hatte, war Rettung in letzter Sekunde gewesen. Quasi im Alleingang hatte er es geschafft, die damals geradezu komatöse Softwarefirma zu "reanimieren" und das einstige IT-Brachland zwischen Nord- und Ostsee zur Topregion zu machen. Wie er das hinbekommen hatte, war dem Management noch immer ein komplettes Rätsel. Durch besonderes Knowhow fiel Nöhler jedenfalls nicht auf. Trotzdem pulverisierte er im Monatstakt jeden Sales-Rekord, und die weibliche Belegschaft war felsenfest überzeugt, dass der grünäugige Adonis die süßeste Versuchung seit der Erfindung der Zuckerwatte war. Bald nannte man ihn allerorts den „schönen Thor", da er aussah wie der Zwillingsbruder von Chris Hemsworth und überdies so charmant war wie George Clooney in seinen besten Zeiten. Alles im Leben hat aber auch eine Schattenseite. Anders ausgedrückt führte letztlich jenes Übermaß an maskulinem Lächeln, Muskelmasse und Testosteron zum Strafrapport beim CEO der DigiTellers.

„Ich habe heute zwei Nachrichten für Sie", begann Hoppenstett mit ernster Miene. „Wollen Sie zuerst die gute oder die schlechte hören?"
„Natürlich die gute! Mein Growth Mindset lässt mir gar keine andere Wahl", antwortete Nöhler lässig.
Hoppenstett nickte.

„Also gut! Für Ihren Einsatz in der Region Nord sollten Ihnen die DigITellers eigentlich ein Denkmal errichten. Nördlich der Lüneburger Heide waren Sie unser Eisbrecher, unser rettender Engel, unsere Sales-Speerspitze, unser … Egal, jedenfalls brachten die 330% Zielerreichung endgültig den Turnaround. Gut gemacht! Die DigITellers sind nun back on track and ready to rock'n' roll!"

Nöhler strahlte. Dass er den diesjährigen „Golden DigITellers-Award" erhalten würde, hatte ihm Natascha, die attraktive Ferialpraktikantin aus der HR-Abteilung, bereits die Woche zuvor verraten.

„Ich wusste es!", jubelte der King of Sales und riss begeistert seine muskulösen Arme in die Höhe. Das, was er in den letzten vierundzwanzig Monaten geleistet hatte, war tatsächlich phänomenal gewesen. Mit unbeirrbarem Sales-Instinkt hatte er das Niemandsland zwischen Nord- und Ostsee mit Tablets, Laptops, Smartphones und Handyhüllen IT-technisch auf Vordermann gebracht, und diese Ausnahme-Performance hatte schließlich zur Eröffnung des ersten DigITellers-Hardware-Stores mitten auf der Lüneburger Heide geführt. Weitere sechs Stores folgten, und so waren die DigITellers in einer Gegend, in der sich sonst Fuchs und Hase gute Nacht sagen, wieder dick da. Nöhler verkaufte und verkaufte. Zudem schaffte er es, das für die Stores benötigte Verkaufspersonal in Lichtgeschwindigkeit zu rekrutieren. Das katapultierte den Hardware-Umsatz endgültig in die Stratosphäre. Nöhler war Business

Development Gigant, Recruiting-Champion und Motivationsgenie in einer Person.

Doch war nicht alles, was Hoppenstett seinem Goldjungen an jenem Tag mitzuteilen hatte, positiv.

Mit den Worten „Nun aber zum weniger Guten, Nöhler" beendete der CEO der DigiTellers schließlich seine Laudatio. Dann folgte eine Gardinenpredigt, die sich gewaschen hatte.

„Sie wissen, dass mich das Privatleben meiner Mitarbeiter im Allgemeinen nicht interessiert. Wenn die Geschichten, die man sich über Sie erzählt, aber nur ansatzweise stimmen, waren Casanova und Don Juan im Vergleich zu Ihnen Eunuchen mit Keuschheitsgelübde! Gibt es nördlich von Hamburg denn irgendeinen Rockzipfel, dem Sie noch nicht hinterhergejagt sind? Die Schamesröte treibt es mir ins Gesicht, wenn ich von Ihren Eskapaden höre! In Zeiten von ‚#MeToo' und ‚Female Power' hinterlassen Sie in praktisch jedem Store südlich von Ostfriesland einen amourösen Scherbenhaufen! Dabei haben Sie dieser Storemanagerin aus Hamburg doch erst letztes Jahr das Ja-Wort gegeben. Rita heißt die Bedauernswerte, nicht?"

Nöhler nickte.

„... und nur eine Woche später haben Sie sich an ihre Ferialpraktikantin herangemacht, oder?"

Wieder nickte Nöhler und senkte sein Haupt.

Hoppenstett schüttelte den Kopf.

„Haben Sie Ihren kleinen Benjamin denn überhaupt nicht unter Kontrolle? Ist Ihnen klar, dass Sie ein einziger Compliance-Verstoß sind? Sie haben Glück, dass bisher keine einzige Ihrer ‚Haremsdamen' ihre Dauerverfehlungen an reportit@digitellers.com gemeldet hat!"

Theatralisch zitierte Hoppenstett den Klappentext einer fiktiven Nöhler-Biografie, die ihm soeben in den Sinn gekommen war.

Vergessen Sie Casanova! Vergessen Sie Don Juan! Lesen und staunen Sie über Nöhler – seinen glorreichen Aufstieg und seinen tiefen Fall.

Nun seufzte auch Nöhler.

„Herr Direktor, Ich bin doch auch nur ein Mann. Wenn mich diese jungen Dinger mit ihren großen Augen bezirzen, wird mir ganz warm ums Herz. Ich möchte doch nur helfen. Ständig weinen sie sich bei mir aus, dass diese Klimakleber, Hardcore-Veganer und Scooter-Fahrer ja niedlich sind, sie aber einen echten Mann wollen. Und dann kommen sie immer mit diesem ‚Chris Hemsworth-Thor-Mist'. Das Leben ist hart, Herr Direktor. Und mein Benjamin ist es leider auch sehr rasch."

Hoppenstett verdrehte die Augen.

„Nöhler, es reicht! Aufgrund Ihrer innerbetrieblichen Liebesaktivitäten ist ein Verbleib in der Region Nord ab sofort ausgeschlossen!"

„Aber um Gottes willen! Sie wollen mich doch nicht ...?"

„Nein, will ich nicht", kalmierte Hoppenstett. „In Norddeutschland muss es mit der Vielweiberei aber ein Ende haben. Als letzter Ausweg kann ich Ihnen allerdings eine Versetzung anbieten!"

„Eine Versetzung?! Wohin denn, um Gottes willen?", rief Nöhler erschrocken.

„Ösiland! Sie erhalten die ruhmreiche Aufgabe, die Wiener Niederlassung, die dieser Gruber vor drei Jahren gegen die Wand gefahren hat, wieder auf Vordermann zu bringen!"

„Ich soll in die tote Zone?!"

„Ach, haben Sie sich doch nicht so! Als begnadeter Business Development Manager schaffen Sie das! Sie ziehen mit Ihrer Rita in die Stadt der Operette, eröffnen fünf DigiTeller-Stores und retten ganz nebenbei Ihre angeknackste Ehe. Über das Software-Geschäft müssen Sie sich keine Gedanken machen. Da unser Ruf wegen des damaligen Desasters noch immer nicht der beste ist, bleiben wir diesbezüglich noch eine Zeitlang auf Tauchstation. Wir haben in Wien sogar ein kleines Büro. In dem halten ein IT-Administrator und zwei altgediente DigiTellers die Stellung. Die Welt werden wir mit denen nicht erobern. Aber sie geben unserer Marke ein wenig Lokalkolorit, und bald wird Gras über die Sache gewachsen sein. Selbstverständlich können Sie das Office ebenfalls nutzen. Ich nehme aber an, dass Sie ohnehin viel *on the road* sein werden. Fünf Stores in einem Jahr sind sportlich, aber machbar. Sie kennen meine Devise: Klotzen, nicht kleckern!"

Entsetzt starrte Nöhler seinen Chef an.

„Aber was wird dann aus Mona aus Kiel, Antje aus Hamburg, Vanessa aus Flensburg und Ute aus Lübeck? Ich kann sie doch nicht alle im Stich lassen. Das Herz werde ich ihnen brechen! Es muss doch noch eine andere Möglichkeit geben!"

„Nein, die gibt es nicht! Ihr Benjamin wird in der Region Nord keine Unruhe mehr stiften. Entweder es heißt ab sofort ‚Alles Walzer', oder Sie können als Ex-DigITeller Ihre Liebesmemoiren zu Papier bringen. Habe ich mich klar genug ausgedrückt?"

Eine dicke Träne lief Nöhler nun über die rechte Wange.

„Die arme, arme Mona", murmelte er noch, bevor er das alternativlose Angebot seines Chefs akzeptierte.

Noch am selben Abend kam es zur entscheidenden Unterredung mit seiner Frau Rita.

„Du siehst so blass aus. Stimmt etwas nicht mit dir?", fragte ihn diese besorgt.

„Schatz, ich muss etwas Wichtiges mit dir besprechen", begann Nöhler.

„Ich bin ganz Ohr."

„Du weißt, dass mein sadistischer Chef nie den Ranzen voll bekommt. Heute hat er mir aber tatsächlich erklärt, dass ich für ihn nach Ösiland gehen soll, um die Todeszone zu reanimieren. Kannst du dir das vorstellen?"

„Hoppenstett will, dass wir nach Wien ziehen??!!", fragte Rita ehrlich interessiert.

Nachdem ihr Mann nach den letzten drei amourösen Ausrutschern geschworen hatte, nie wieder eine andere zu begehren, erschien ihr ein Ortswechsel wie ein Geschenk des Himmels.

Nöhler nickte.

„Natürlich aber nur, wenn du einverstanden bist. Ansonsten kann sich der Sadist einen anderen Idioten suchen", meinte er.

Rita war aber bereits Feuer und Flamme.

„Ich mag Wien. Wann kann es losgehen?", rief sie und klatschte in die Hände.

„In drei Monaten", seufzte Nöhler und zog sich dann in sein kleines Arbeitszimmer zurück. Dort überlegte er angestrengt, wie er seinen aktuell sieben Herzensdamen verklickern konnte, dass er schon bald die Fliege machen würde. Rasch war er überzeugt, dass der wohl stilvollste Weg eine herzergreifende, ChatGPT-generierte Abschieds-E-Mail wäre.

„Schreib einen Abschiedsbrief mit Tränendrüsenfaktor, Herzschmerz, Romantik et cetera, der echt rein geht!", trug er der Gratis KI-Software daher auf und wartete. Das Ergebnis konnte sich sehen lassen. Es war eine Kombination aus

Goethes „Die Leiden des jungen Werther" und Nöhlers höchstpersönlicher Ausdrucksweise.

„Liebe Mona,
schweren Herzens muss ich dir mitteilen, dass ich mich bald
auf eine Reise begebe, die mich weit von dir fortträgt. Wien
(die Stadt, wohin mich mein grausamer Chef entsendet) mag
voller Pracht und Kultur sein, doch kann sie niemals das erset-
zen, was wir gemeinsam hatten. Die langen Spaziergänge an
der Küste, bei denen unsere Seelen miteinander verschmolzen,
werde ich nie vergessen."

Dann brach die KI-Software bedauerlicherweise ab, und Nöhler ergänzte in seinen eigenen Worten:

Du warst eine heiße Maus, und unsere Nächte waren der Ham-
mer. Trotzdem geht's jetzt Richtung Süden. Dieser Hoppens-
tett ist ein verdammter Sadist.

Dein untröstlicher Benjamin

Stilistisch war Nöhler mit dem Text nicht restlos zufrieden. Der zweite Teil hatte, sogar für seine ungeübten Ohren, einen etwas salopperen Tonfall. Trotzdem schickte er die E-Mail ab. Mona und seine anderen Herzensdamen würden ihm seinen Abgang gewiss verzeihen, außerdem musste er in Sachen Liebesangelegenheiten ohnehin Tabula Rasa machen.

Drei Monate später war es dann so weit. Er und Rita bezogen eine schöne Wiener Altbauwohnung im siebenten Bezirk, und Rita tat ihr Bestes, ihren Göttergatten von den kulturellen Vorzügen der Stadt zu überzeugen. Was gab es da nicht alles zu sehen! Schönbrunn, die Albertina, das kunsthistorische Museum und vieles mehr. Leider musste die ehemalige Storemanagerin aber feststellen, dass sich ihr Mann für die kulturellen Glanzlichter der Stadt nur bedingt erwärmen konnte. Dafür fand dieser rasch heraus, dass es in der angeblichen ‚Todeszone' durchaus ansprechende Fitnessclubs gab und auch die Wiener Frauen ihre Reize hatten. Lange Nächte in den angesagten Wiener Clubs wurden so zur Regel, und rasch war klar, dass der neue Arbeitsplatz seiner Leber und seiner Manneskraft so manches abverlangen würde. Hoppenstetts Auftrag, Personal für insgesamt fünf Shops zu rekrutieren, erfüllte er dennoch mit bemerkenswertem Engagement. Bereits nach drei Monaten hatte er das Personal für die fünf Stores beisammen. Fünfundzwanzig hübsche, ambitionierte Frauen versicherten ihm überzeugend, dass sie nichts lieber täten, als überteuerte DigiTellers-Hardware an ahnungslose Kunden zu verscherbeln. Das Recruiting-Modell „Lüneburger Heide" war also auch in Ösiland aufgegangen.

Etwas schwieriger gestaltete sich die Suche nach geeigne-
tem IT-Personal. Da Nöhler in technischen Belangen wenig
versiert war, beherzigte er den Rat eines befreundeten
Motivationscoachs, der meinte, dass fachliches Wissen in
der Regel überbewertet wäre und vor allem das Mindset
über Erfolg und Misserfolg entscheide. Seine Wahl fiel daher auf zwei IT-Aficionados mit einer besonders positiven
Ausstrahlung.

Das kleine Wiener DigITellers-Büro, das ihm laut Hoppenstett zur Verfügung stand, besuchte er in dieser Anfangszeit
aber nur ein einziges Mal. Immel und Hauser – die Vasallen
mit Lokalkolorit - begrüßten ihn wohl überschwänglich mit
einem Bierchen, doch gab es wenig zu besprechen. Mit
leuchtenden Augen sprachen beide über alte, ruhmreiche
Vertriebszeiten. Was ihre Aufgabe war, verstand Nöhler
aber bis zuletzt nicht. Ogris, der IT-Administrator und Supportchef, gab sich wiederum äußerst wortkarg. Nach einem kurzen „Servas" zog sich dieser in seinen Serverraum
zurück, auf dem ein Schild mit der Aufschrift „„Genie am
Arbeiten – Stören auf eigene Gefahr" angebracht war.
Mentalitätsmäßig blieb man einander fremd.

Generell war der Neo-Wiener mit den Ergebnissen der letzten drei Monate dennoch höchst zufrieden. Neben der
Rekrutierung des Fachpersonals war auch die Suche nach
geeigneten Geschäftsadressen außerordentlich erfolgreich
verlaufen, und so konnte er nach dem Vertragsabschluss

des fünften und letzten Stores schließlich feierlich das Datum der offiziellen Einweihungsfeier verkünden. Diese sollte im renommierten Innenstadtlokal „Nordsee" stattfinden und so Nöhlers große Heimatverbundenheit unter Beweis stellen. Sowohl die neu rekrutierten Mitarbeiterinnen als auch die beiden positiv eingestellten IT-Spezialisten kamen, wobei der frischgebackene Chef dieses Mal eine selbstverfasste Begrüßungsrede vorbereitet hatte.

Hallo Freunde,

Vor drei Jahren wurden die DigITellers wegen diesem Gruber plattgemacht. War das fair? Ich glaube nicht! Heute ist es aber so weit: We are back! Fünf DigITellers-Stores haben ab morgen offen. Bei uns gibt es alles, was das Herz begehrt – also Computer, Handys, schicke Taschen und so weiter. Alles Topqualität! Es wird bombastisch!

Kurz pausierte Nöhler an dieser Stelle und sagte „Punkt". Nachdem er den Faden wiedergefunden hatte, ging es aber munter weiter.

Auch die Frauen haben's bei uns gut. Schaut euch um! Female Power & Equality wohin das Auge reicht! Fünfundzwanzig Sales-Spezialistinnen gehen bei uns die Extrameile. Auch die Jungs haben's drauf! Die stecken die Computer zusammen, reparieren die Handys und so 'n Zeug! Insofern auch an euch ein

Dankeschön! Und nie vergessen: Meine Tür ist immer offen für euch! Oder schreibt mir eine E-Mail! Noch Fragen? Wenn nicht, let's rock'n' roll! Nennt mich übrigens Benjamin!"

Inhaltlich hielt Nöhlers Antrittsrede wenige Highlights bereit, doch wurden seine Worte vom weiblichen Store-Personal mit frenetischem Applaus quittiert. Eine portugiesische Schönheit namens Lucia sprach schließlich aus, was ohnehin alle dachten.

"Du siehst aus wie dieser Thor aus dem Film!", rief sie Nöhler begeistert zu, was die anderen durch lautes Johlen bejahten.

Auch Nöhler gefiel die positive Resonanz auf seinen ersten Auftritt. Geschmeichelt warf er Lucia ein verschmitztes „Wir sehen uns später!" zu, dann verließ er mit einem Victory-Zeichen das Rednerpult und mischte sich unter das Verkaufspersonal. Die Antrittsrede war ein voller Erfolg, und sogar die beiden IT-Nerds honorierten das mit lautem Klatschen.

„Gott, ein Mann wie aus einem Guss – ein echter Thor!" rief Lucia nochmals begeistert, und auch die anderen Saleskapazunder waren von ihrem neuen Chef schwer begeistert.

„Endlich Mann in dieser Stadt, der nicht langweilig und ohne Stil wie Rest" meinte auch Oksana aus Weißrussland. „Schaut aus wie Superman aus Avengers", raunte sie Dora zu, die ebenfalls begeistert nickte. Lediglich Ayleen aus

Haiti stieß nicht ins selbe Horn. Aufgrund der inneren Qualitäten und des geschäftlichen Erfolges möge man den neuen Chef beurteilen, gab sie zu bedenken, und widmete sich dann konzentriert dem neuen DigITellers-Produktkatalog, der in der *Nordsee* verwaist auflag.

Generell war die Eröffnungsfeier aber ein voller Erfolg, und Neo-Niederlassungsleiter Nöhler atmete erleichtert auf. Der Stress, den er während der Rekrutierungsphase gehabt hatte, gehörte nun der Vergangenheit an, und er konnte sich nun endlich wieder seiner Work-Life-Balance widmen. Das hatte er sich einerseits redlich verdient, andererseits war er zutiefst überzeugt, dass sein junges, hochmotiviertes Team alles tun würde, um den Laden auch ohne ihn in Schwung zu halten. Nun musste er nur noch für ausreichend Motivation sorgen, und das war bei so viel „Diversity" und „Female Power" ohnehin ein Klacks. So stammte Dora aus Bulgarien, Ayleen aus Haiti und Oksana aus Weißrussland. Zusammen bildeten sie die kaufmännische und optische Spitze des Stores in der Innenstadt. Die aus Portugal stammende Thor-Kennerin Lucia hielt im sechsten Bezirk die Stellung, und Amala und Trish, die ursprünglich aus Guadeloupe und Trinidad nach Wien gekommen waren, kümmerten sich um den achten Bezirk. Masha aus Polen und Iona aus Rumänien hielten wiederum im zwölften Bezirk die DigITellers-Flagge hoch. Die verbleibenden siebzehn Mitarbeiterinnen verteilten sich auf die fünf Stores.

Geschäftlich lief somit alles am Schnürchen, und auch mit Rita hatte er mittlerweile einen Modus Vivendi gefunden. Glaubhaft versicherte er ihr, dass es bedauerlicherweise seine Pflicht wäre, sich allabendlich mit stinklangweiligen Storemanagern zu treffen, um so das Geschäft anzukurbeln.

Tatsächlich rollte in Wien der Rubel, dass es eine Freude war. Zu überteuerten Preisen raffte die IT-affine männliche Wiener Klientel in den neueröffneten Stores alles zusammen, was nicht niet- und nagelfest war – in der vagen Hoffnung, die eine oder andere Shop-Schönheit zu einem Date zu überreden. So war bald stadtbekannt, dass man die hübschesten Frauen Wiens nicht mehr im O-Club traf, sondern in Hardware-Stores, die den seltsamen Namen „DigITellers" trugen.

Selbst die Tatsache, dass Nöhler mit einer einzigen Ausnahme jede seiner Mitarbeiterinnen datete, tat der Bombenstimmung keinen Abbruch. Begriffe wie „Zickenkrieg" oder „Stutenbissigkeit" sind nur dann angebracht, wenn das Objekt der Begierde Exklusivität verspricht. Entfällt diese, weil der Mann für eine seriöse Beziehung so geeignet ist wie Casanova für den Zölibat, macht Eifersucht schlichtweg keinen Sinn. Das erkannten die bildhübschen Store-Mitarbeiterinnen des Neo-Wieners jedenfalls sehr rasch, und aus dieser Erkenntnis entstand schließlich ein kurzweiliger Wettbewerb, der auf zwei Spielregeln beruhte.

Regel Nummer Eins besagte, dass es jeder Teilnehmerin zunächst gelingen musste, Nöhler zu einem Date zu überreden – eine Hürde, die in der Regel einfach zu überwinden war.

Regel Nummer Zwei erforderte bereits mehr Fantasie. Sie bestand in der Herausforderung, bei selbigem Date besonders originelle Fotos zu schießen und diese in einer eigens dafür erstellten WhatsApp-Gruppe zu verteilen.

Es sei an dieser Stelle vermerkt, dass sich der Wettbewerb von Beginn an zu einem veritablen Erfolg entwickelte. Begeistert traten sämtliche Store-Mangerinnen dem virtuellen Schaulauf bei, wobei es Dora als Erster gelang, Nöhler zu einem semi-privaten Tête-à-Tête zu überreden. Mit tränenreichen Vorwürfen, dass dieser sie in letzter Zeit sträflich vernachlässigt hätte und sie daher vor Kummer fast sterbe, gelang es ihr problemlos, Spielregel Nummer Eins zu erfüllen. Umgehend erklärte sich der mitarbeiterorientierte Chef bereit, die nach Zuneigung Heischende schon am nächsten Abend aufzusuchen. Wirklich beeindruckend war jedoch die fotografische Umsetzung von Regel Nummer Zwei. Sie war das Produkt exzellenter Überzeugungsarbeit sowie der Beweis, dass sich Nöhler nicht nur seiner Führungsqualitäten, sondern auch seiner optischen Vorzüge völlig bewusst war.

„Bing", machte es, als Dora noch vor dem Ende des ersten Dates den „Send"-Button drückte und damit für grenzenlose Heiterkeit sorgte. Nöhler war auf dem ersten Schnappschuss des Wettbewerbs als Thor zu bewundern, der mit Wikingerhelm und Plastikhammer in Doras Badewanne posierte und lässig das Victory-Zeichen machte. Das Foto machte Furore. Dreizehn Lach-Smileys, fünf Herzen, sechs Likes sowie dreihundertsiebzig Kommentare in nur zwei Stunden belohnten die fotografische „Heldentat" und setzten beim internen Wettbewerb von Beginn an einen hohen Qualitätsstandard. Fast drei Wochen bissen sich ihre Konkurrentinnen am Badewannenbild die Zähne aus, bevor es Lucia gelang, ihre bulgarische Kollegin mit einem atemberaubenden „Wonder Woman bezirzt Captain America" vom Thron zu stürzen. Kurzfristig übernahm dann Trish als „Superwoman & Batman" die Führung, bevor Dora aber doch den Sieg davontrug. Ihr finaler Auftritt als „Catwoman & Thor" blieb unerreicht und ging endgültig in die inoffizielle DigITellers-Geschichte ein. Nöhler selbst fragte sich gelegentlich, warum seine Mitarbeiterinnen in jüngster Zeit ein solches Faible für Superhelden entwickelt hatten, verzichtete aber auf eine tiefergehende Analyse.

Wie bereits erwähnt, spielte Eifersucht bei Nöhlers vierundzwanzig Store-Mitarbeiterinnen eine eher untergeordnete Rolle. Zu offensichtlich war die Unfähigkeit ihres Chefs, eine ansatzweise seriöse Beziehung zu leben. Zu massiven Unstimmigkeiten führte aber die Tatsache, dass Dora ob Ihres Foto-Triumphes bei der Arbeit allmählich einen Sonderstatus einforderte. Anfangs äußerte sich dies lediglich in schwärmerischen Anekdoten über wunderbare gemeinsame Nächte, die ihr ein konzentriertes Arbeiten leider unmöglich machten. Wenige Wochen später verzichtete sie bereits gänzlich auf solche Anekdoten und forderte ihren Sonderstatus ausschließlich mit periodisch wiederkehrenden Seufzern ein. Das stieß nicht überall auf Verständnis. Vor allem Ayleen, die als Einzige an Nöhler keinerlei Interesse hatte, schmeckten Doras divenhafte Allüren ganz und gar nicht. Täglich arbeitete diese nämlich bis zum Umfallen, während Dora als „sterbender Schwan" in der Firmenküche weilte und auf den Dienstschluss wartete. Nach dem viertem „Krankenstand" innerhalb von nur drei Wochen reichte es der bodenständigen Haitianerin endgültig. Sie erklärte der bulgarischen Shop-Diva, dass sie ihren Hintern endlich in den Shop bewegen und statt ihres Catwoman-Kostüms aus Latex besser Gummihandschuhe aus diesem Material anziehen solle, da man diese auch zum Kloputzen verwenden könne.

Das saß, sorgte innerbetrieblich aber für schlechte Vibes. So griff die ihrer Meinung nach grundlos Beleidigte unmittelbar nach dem Gummihandschuh-Eklat zum Telefon und erzählte Nöhler (Er war gerade im Fitnesscenter und trainierte seinen rechten Bizeps) von ihrem eben erlittenen Unrecht.

„Benjamin, ich kann nicht mehr", begann sie schluchzend. „Dieses Weib aus Haiti will mich zerstören. Den ganzen Tag schufte ich, um dir den Rücken freizuhalten. Was aber macht diese Ayleen? Sie intrigiert hinter meinem Rücken und droht mir sogar. Wo soll das alles nur enden ?!"

Auch das saß. Nöhler ließ vor lauter Schreck seine 20kg-Einarm-Hantel fallen.

„Bist du ganz sicher?", fragte er. „Sie wirkt so unauffällig, dass es fast schon langweilig ist."

„Nur Fassade!", entgegnete Dora. „Den ganzen Tag schimpft sie über dich, und wenn ich dich verteidige, droht sie mir mit Voodoo-Zauber. Dort, wo sie herkommt, ist das ja bekanntlich ein Volkssport! Ein paar Nadeln und ‚Aus die Maus'. Du kennst das sicher aus diesen Horrorfilmen!"

Nöhler bekam es nun ehrlich mit der Angst zu tun.

„Bist du dir sicher? Ich werde nächste Woche mit ihr reden. Vielleicht …"

„Glaubst du mir nicht?", gab die bulgarische WhatsApp-Gruppensiegerin daher schon resoluter zurück. „Eins kann ich dir versprechen: Wenn die Voodoo-Hexe nicht in spätestens drei Monaten Geschichte ist, wird dein kleiner Benjamin bald sehr einsam sein! Hast du mich verstanden?"

Nöhler fiel vor lauter Schreck nun das Mobiltelefon von der Hantelbank.

„Ich werde hart durchgreifen. Was zu weit geht, geht zu weit", sagte er schließlich.

Dora war jetzt einigermaßen beruhigt. Ein zärtliches „Danke für deine großartige Leadership" schickte sie noch durch den Äther. Dann legte sie auf. Ihre Drohung mit dem kleinen Benjamin hatte Wirkung gezeigt. Die Tage der „Voodoo-Hexe" waren gezählt.

Bedauerlicherweise verlief Ayleens „einvernehmliche Kündigung" drei Tage später nicht so reibungslos wie erhofft. Nöhler hoffte während des Outsourcing-Gesprächs inständig, dass diese für seine Entscheidung Verständnis aufbringen würde. Seine Hoffnungen erfüllten sich leider nicht, ganz im Gegenteil: Die Haitianerin zeigte sich uneinsichtig und fragte ihren Chef am Ende der Unterredung sogar, ob ihm sein Hirn in den Bizeps gerutscht sei. Das schlug dem Fass endgültig den Boden aus. Letztendlich kam man überein, dass Ayleen bei ihrem Ausscheiden die volle Provision und ein „Alles muss raus"-DigiTellers-Tablet erhalten würde, sie aber bis zum bitteren Ende bleiben müsse. Nöhler schwitzte zwar Blut und Wasser bei dieser unangenehmen Unterredung, stellte aber gleichzeitig zufrieden fest, dass er nicht nur in seinem Thorkostüm ein wahrer Superheld war.

„Niemand legt sich ungestraft mit mir an", dachte er nach dem Gespräch und klatschte sich auf seinen beeindruckenden Bizeps. Leider sollte der wahre Stress aber erst drei Tage später kommen, und das in einer Form, die wohl niemand vermutet hätte.

Spam E-Mails können äußerst lästig sein. Noch unangenehmer sind allerdings Nachrichten, die private, nicht für die Öffentlichkeit bestimmte Informationen beinhalten. Eben solche erreichten Nöhler eben drei Tage später an einem verhängnisvollen Montag. Einem Witzbold war es gelungen, die firmeninterne Firewall auszutricksen und der gesamten Belegschaft unter dem Pseudonym „noehler4president@gmail.com" eine für Nöhler wenig schmeichelhafte Nachricht zu senden. Eine besondere Rolle spielte dabei das Foto im Anhang. Es zeigte „Thor" Nöhler mit Helm und Hammer in Doras Badewanne, wobei der Absender unverfrorener Weise sogar CEO Hoppenstett auf .cc gesetzt hatte. Eine Katastrophe! Dabei hatte Dora ihm bei der damaligen Fotosession hoch und heilig geschworen, dass das Foto für immer und ewig ihr süßes Geheimnis bleiben würde. Und nun das!

„Warst du das?", brüllte Nöhler ins Telefon, nachdem sich diese mit einem säuselnden „Hallo?" gemeldet hatte. „Hoppenstett hat unser Thor-Foto auf .cc bekommen! Wie steh' ich denn jetzt da?!"

„Wer ist Hoppenstett?"

„Na, mein Chef! Wie kann es sein, dass das Ding von einer externen Adresse reinkam? Warst du das? Hast du das Foto weitergegeben?"

Dora kam nun in Erklärungsnot.

„Benjamin, ist doch nicht schlimm!", seufzte sie. „Du bist ein schöner Mann, und andere sind halt neugierig. Am

Anfang wollte ich es nicht schicken, aber du kennst ja die Kolleginnen. Die sind immer neugierig und so …"

„Du hast es rumgeschickt? Gibt es vielleicht noch andere Fotos?"

Nun ging ein lauter Seufzer durch das Telefon.

„War doch nur Spaß! Siehst auch gut aus im Captain America-, Batman- und Superman-Kostüm. Den Wettbewerb hab' aber ich gewonnen! Die Abstimmung in der Gruppe war eindeutig!"

„Welcher Wettbewerb, welche Gruppe?", fragte Nöhler nun fast flehentlich.

„Nur die interne WhatsApp-Gruppe. Ich hab aber gesagt, dass alles top-secret ist!"

„Oh Gott, oh Gott. Das heißt, dass noch mehr Fotos im Umlauf sind?!"

„Benjamin, Du bist ein schöner Mann. Ist doch nicht schlimm!"

„Oh Gott, oh Gott!" rief Nöhler ein letztes Mal und legte auf. Dass von der Absenderadresse noehler4president@gmail.com noch weitere fotografischen Perlen kommen würden, lag nun definitiv im Bereich des Möglichen.

Der österreichische Niederlassungsleiter sollte Recht behalten. In den darauffolgenden Tagen wurde die Distribution-List allemployees@digitellers.com von Fotos aus Nöhlers privatem Marvel-Universum regelrecht überflutet. Für gewöhnlich schickte „noehler4president" die erste E-Mail kurz vor der Ladenöffnung, die zweite während der

Mittagspause und die letzte kurz vor Geschäftsschluss. Für Spaß und Heiterkeit war somit rund um die Uhr gesorgt.

„Du wirkst abgespannt", meinte Rita eines Abends. Sie hatte sich längst an die späten Businesstermine ihres Göttergatten gewöhnt.

„Du kannst dir gar nicht vorstellen, wie anstrengend so ein Business-Neustart ist", erwiderte Nöhler abwesend und nickte kurz darauf auf der Wohnzimmercouch ein. Die letzten Tage hatten ihre Spuren hinterlassen. Mehrfach hatte der Held des Marvel-Universums nämlich die IT-Abteilung der DigITellers kontaktiert und betont, dass die Skandalfotos lediglich gut gemachte Deep Fakes wären. Diese Idioten hatten aber immer nur gelacht und mit einem „Nöhler, alter Schwede" aufgelegt. Das Ganze war ein nicht enden wollender Albtraum. Hoppenstetts cholerischer Anruf war nur mehr eine Frage der Zeit.

Auch mit dieser Einschätzung lag Nöhler richtig. Exakt zehn Tage nach dem ersten Thor-Foto erreichte ihn schließlich der so gefürchtete Anruf.

„Nöhler", brüllte der CEO der DigITellers ins Telefon. „Ich nehme an, Sie haben meinen Anruf bereits erwartet. Vierundzwanzig mehr als blamable Fotos habe ich heute Morgen in meinem Spamordner vorgefunden! Wer auf diesen abgebildet ist, brauche ich Ihnen nicht zu sagen. Bei diesem Mist ist die Bezeichnung ‚Spam' ein Hilfsausdruck! Sind Sie denn vollkommen wahnsinnig? Ich habe Sie doch nicht nach Wien geschickt, damit Sie ein zweites Mal ‚Der kleine Benjamin geht auf Reisen' spielen?!"

Nöhler war nun in akuter Erklärungsnot.

Mit „Es treibt derzeit ein Doppelgänger von mir sein Unwesen", versuchte er zunächst Zeit zu gewinnen. Dann probierte er es mit der „Deep Fake"-Begründung, merkte aber rasch, dass beide Erklärungen nicht auf fruchtbaren Boden fielen.

„Das können Sie wem anderen erzählen", brüllte Hoppenstett nun noch lauter ins Telefon. „Wenn Ihre Zahlen nicht so gut wären, würde ich Sie auf der Stelle rausschmeißen! Um es auf den Punkt zu bringen: Sie haben ganze drei Wochen Zeit, um das Ganze – was das auch immer sein soll – in Ordnung zu bringen! Sonst heißt es: ‚Aus die Maus!'"

Nöhler standen nun Schweißperlen auf der Stirn.

„Herr Direktor, Sie können sich auf mich verlassen", antwortete er. Hoppenstett hatte zu diesem Zeitpunkt aber bereits aufgelegt.

Der bislang so erfolgreiche Niederlassungsleiter befand sich reputationsmäßig nun in einer äußerst misslichen Lage. Seine internen Support-Anfragen wurden weiterhin mit einem lapidaren „Nöhler, alter Schwede" beantwortet, und auch Dora trug zur Schadensbegrenzung herzlich wenig bei. In seiner Not wandte er sich daher an einen externen IT-Spezialisten, der sich auf die geographische Ortung anonymer IP-Adressen spezialisiert hatte und zudem ein begeisterter Systemhacker und Freizeitdetektiv war. Vielleicht gelang es diesem, den Ursprung der vermaledeiten E-Mails in Erfahrung zu bringen. Umfangreiche Nachforschungen folgten, und nach einigen Tagen war es dann amtlich: Sämtliche „noehler4president"-E-Mails, die Hoppenstett und die gesamte Belegschaft der DigiTellers in den letzten zwei Wochen erhalten hatte, stammten tatsächlich von ein und derselben IP-Adresse und führten den Schnüffler schließlich in ein schäbiges Internetcafé im 22. Bezirk, dessen Geschäftsführer ein alteingesessener Chinese namens Shand o Weh war. Nun war rasches Handeln angesagt. Vielleicht würde Hoppenstett bei einer restlosen Aufklärung des Falles ja Mitleid mit Nöhler haben und ihm noch eine Chance geben. Das hoffte dieser jedenfalls, als er unmittelbar nach der Lokalisierung der IP-Adresse Shand o Weh besuchte. Bedauerlicherweise zeigte sich dieser aber wenig kooperativ.

„IP-Adresse hier", bestätigte er dem Niederlassungsleiter unablässig lächelnd, weigerte sich aus Datenschutzgründen aber hartnäckig, die alles entscheidenden Videomitschnitte der Überwachungskamera herauszurücken. Die Folgen waren dramatisch: Hoppenstett sowie der Rest der DigiTellers kam auch in den nachfolgenden Tagen in den zweifelhaften Genuss fotografischer Nöhler-Perlen. Der zunehmend verzweifelte Niederlassungsleiter musste daher nachlegen. Zunächst appellierte er an Shand o Wehs Mitleid, musste aber erkennen, dass es mit diesem nicht weit her war. Als das nichts half, führte er ins Rennen, dass es TikTok mit dem Datenschutz ja auch nicht so ernst nehme und gelobte zudem feierlich, Mandarin zu lernen, wenn dieser mit ihm Erbarmen hätte. Aber auch diese Argumente fruchteten nicht. Erst die läppische Summe von dreitausend Euro überzeugte den dauerlächelnden Chinesen restlos von der Unverbindlichkeit langweiliger Datenschutzregeln. Endlich konnte nun also die Analyse des Videomaterials in Angriff genommen werden, wobei dieses Erstaunliches zu Tage brachte.

Erstens korrelierte der Zeitpunkt des Maileingangs der Superheldenfotos vollständig mit der Anwesenheit eines dunkelhäutigen Mannes im Internetcafé. Zweitens bestätigte Shand o Weh Nöhler, dass dieser vor dem Absenden mehrfach „Warum tust du mir das nur an, Ayleen!?", gerufen hatte. Dora hatte also recht gehabt. Seine Ex-Mitarbeiterin war sogar noch schlimmer als eine Voodoo-Hexe!

Von diesem Zeitpunkt an ging alles sehr schnell. Nöhler stürmte nur zwei Stunden nach der Aufklärung des Falls den DigiTellers-Flagship Store im ersten Bezirk und stellte Ayleen zur Rede. Diese machte sich aber nicht einmal die Mühe, etwas abzustreiten.

„Heute ist mein letzter Arbeitstag", meinte diese lapidar. „Außerdem dürften Sie und Ihre Gespielinnen ohnehin mächtig stolz auf die Fotos sein. Zweihundertneununddreißig Aufnahmen mit insgesamt vierundzwanzig weiblichen

Protagonistinnen! Gratuliere, Herr Nöhler! Als Niederlassungsleiter habe ich Sie zwar noch nie im Store gesehen, bei Ihren Mitarbeiterinnen haben Sie aber definitiv Eindruck hinterlassen. Das muss man Ihnen zugestehen."

„Eines möchte ich nur wissen", insistierte er mit erhobenem Zeigefinger. „Haben Sie mit Ihrem Voodoo-Zauber tatsächlich Dora und den Rest der DigiTellers verhext?" Tatsächlich bekam er nach einer kurzen Schweigepause Ayleens eine Antwort auf seine Frage.

„Herr Nöhler, es stimmt, was man über sie erzählt. Sie sind nicht nur der schönste 'Thor' Wiens, sondern auch der größte Tor Wiens. Und wenn sie die zweite Bedeutung nicht kennen, schlagen Sie diese ruhig im Wörterbuch nach." Dann übergab sie ihrem Chef seelenruhig ihren Mitarbeiterausweis. Bedauerlicherweise erreichte diesen im selben Moment ein weiterer Anruf Hoppenstetts.

„Nöhler, haben Sie vollkommen den Verstand verloren? Zweihundertneununddreißig Fotos ihrer idiotischen Afterwork-Aktivitäten müllen mittlerweile meine Mailbox zu. Jetzt langt es! Ich erwarte Sie übermorgen um neun Uhr in meinem Büro in Frankfurt!"

Das Treffen im Büro des DigiTellers-CEO stand also erneut unter keinem guten Stern.

„Setzen Sie sich!", begann Hoppenstett diesmal noch barscher als ein Jahr zuvor. „Ich habe wieder einmal zwei Nachrichten für Sie. Wollen Sie zuerst die gute oder die schlechte hören?"

„Die gute bitte zuerst!", antwortete Nöhler diesmal klein-laut.

„Gut, wie sie wollen! Dann darf ich Ihnen zunächst zu einem weiteren erfolgreichen Neustart gratulieren. Die Ösi-land-Umsatzzahlen auf meinem Dashboard sind mittler-weile grüner als die Lüneburger Heide! Und das, obwohl Sie sich laut ihren Mitarbeiterinnen bis heute noch nie in den Wiener Stores haben blicken lassen. Meinen Glückwunsch! Sie dürften ein Anhänger des ‚Laissez-Faire'-Management-stils sein."

„Oh ja, ich bin immer fair! Und die Extrameile gehe ich auch immer!", antwortete Nöhler dienstbeflissen.

Hoppenstett verdrehte die Augen.

„Das ist ja höchst erfreulich. Nun kommen wir aber zu einem Kuriosum, das mir in meiner gesamten Karriere noch nie untergekommen ist. Die Personalabteilung hat mir am Freitag mitgeteilt, dass Sie in Ihren Stores tatsächlich aus-schließlich weibliches Personal beschäftigen. Aus unserem CRM-System geht wiederum hervor, dass der männliche Kundenanteil in Wien bei 97 Prozent liegt! Bei der nach-träglichen Storedaten-Analyse in der Region Nord bin ich übrigens auf dasselbe Muster gestoßen! Keinen einzigen Verkäufer haben Sie dort eingestellt. Das macht doch kei-nen Sinn! Kann es sein, dass Geschlecht und Optik tatsäch-lich Ihre einzigen Rekrutierungskriterien sind und männli-che Kunden aus eben diesen Gründen unsere Shops besuchen??!"

„Also die Optik spielt vielleicht auch eine Rolle", antwortete Nöhler schüchtern. „Aber wie ich schon sagte: ich bin immer fair."

Hoppenstett seufzte.

„Nöhler, ich sagte ‚Laissez-Faire', nicht ‚fair'. Aber bleiben wir doch bei Ihrer ‚Fairness'. Können Sie mir zum Beispiel sagen, warum Sie eine gewisse Ayleen Solyar auf die Straße gesetzt haben, obwohl die Gute ungefähr 90 Prozent des Umsatzes in der Innenstadt erwirtschaftet hat? Gleichzeitig gibt es eine taube Nuss namens Dora Vladek, die im letzten Monat gerade einmal drei Handyhüllen verkauft hat!"

Nöhler schluckte. Dass Dora nicht die Fleißigste war, hatten Oksana, Trish und Lucia ihm gegenüber bereits öfters erwähnt. Als Catwoman war sie aber einfach unschlagbar!

„Ich werde Ihnen was verraten, Nöhler! Obwohl ich davon ausgehe, dass Sie mit jeder Ihrer Mitarbeiterinnen – ja, ich sage mit jeder außer dieser Ayleen – was am Laufen hatten, schmeiße ich Sie nicht raus! Es wird nun aber wieder Zeit für einen Neustart. In Wien hat es sich ausgewalzert!"

Nöhler seufzte.

„An welchen Ort haben Sie denn diesmal gedacht?", fragte er leise.

Kennen Sie Südbayern – genauer gesagt Altötting?

„Nie gehört", antwortete Nöhler.

„Ein Marienwallfahrtsort. Wunderschöne Gnadenkapelle, nur dreizehntausend Einwohner, dafür aber einige hunderttausend Pilger pro Jahr. Alles streng katholisch. Sie werden dort einen Store leiten. 100 Prozent Vor-Ort-Betreuung. Das Geschäft liegt etwa zweihundert Meter neben der Wallfahrtskapelle.

„Was? Da können Sie mich doch gleich kündigen!"

„Kommt mir arbeitsrechtlich zu teuer. Vertraglich kann ich Sie aber hinschicken, wo immer ich will! Überlegen Sie es sich in Ruhe."

„So grausam können Sie doch nicht sein!", wimmerte Nöhler nun und warf sich vor Hoppenstett auf die Knie. Genau in diesem Moment läutete das Mobiltelefon des gnadenlosen CEO.

„Ich bin gerade in einem wichtigen Meeting, mein Täubchen. Melde mich in zehn Minuten bei dir", sagte er kurz. Dann widmete er sich erneut seinem geknickten Sales Champion.

Dieser hatte bereits eine Entscheidung getroffen.

„Nach reiflicher Überlegung möchte ich meine Kündigung einreichen. Diese Extrameile ist mir zu weit."

Hoppenstett reagierte überraschend gelassen.

„Das ist sehr, sehr traurig. Die DigiTellers werden Ihr enormes Knowhow vermissen. Ich bin aber überzeugt, dass Sie aufgrund Ihrer Expertise in Sachen Marktsegmentierung bald wieder durchstarten werden."

„Sie mich auch", antwortete Nöhler.

„Es war mir eine Freude", gab Hoppenstett zurück.

Das Outplacement-Gespräch war damit beendet. Der nunmehrige Ex-Niederlassungsleiter schlurfte geknickt aus

Hoppenstetts Büro und machte sich auf den Weg zum Frankfurter Flughafen.

Allein in seinem Büro wählte Nöhlers Chef indes eine Wiener Nummer.

„Guten Tag, da spricht Hoppenstett - CEO der DigITellers AG Deutschland. Spreche ich mit Frau Solyar?

„Ja", antwortete die überraschte Ayleen.

„Sie waren in den letzten sechs Monaten die mit Abstand erfolgreichste Verkäuferin der Region DACH. Über die Hintergründe Ihres Ausscheidens bin ich informiert. Ich darf Ihnen aber mitteilen, dass Herr Nöhler mit dem heutigen Tag das Unternehmen verlassen hat. Außerdem möchte ich Sie fragen, ob Sie vielleicht eine Rückkehr zu den DigITellers in Betracht ziehen. Sie erhalten einen neuen Dienstvertrag, eine Gehaltserhöhung von 50% und übernehmen die Storeleitung im ersten Bezirk. Was halten Sie davon?"

Ganze fünf Sekunden schwieg Ayleen. Dann antwortete sie: „Ja, es wäre mir eine Ehre."

„Mir ebenfalls", entgegnete Hoppenstett und versprach Ayleen, ihr noch in derselben Woche den Dienstvertrag zukommen zu lassen. Dann legte er auf und wählte eine weitere Wiener Nummer.

„Jetzt kann ich sprechen. Es ist durch", begann er. „Den Blödsinn mit Altötting hat er tatsächlich geschluckt. Nach gerade einmal zehn Sekunden hat er gekündigt. Dein Mann ist tatsächlich der dümmste Mensch zwischen Kiel und Wien."

Rita seufzte.

„Sag so etwas nicht, auch wenn es stimmt", meinte sie schließlich leise. „Nach zwei Wochen Aufenthalt in Wien war klar, dass er rein gar nichts dazugelernt hatte."

„Doof bleibt doof, da helfen keine Pillen," resümierte Hoppenstett.

„Ja, leider. Bei vierundzwanzig minutiös dokumentierten Seitensprüngen ist die Scheidung sicherlich nur eine Formsache. Kein einziges Mal hat er in Erwägung gezogen, dass ich sein Handy orte. Und so ein Typ ist in der IT-Branche erfolgreich!!"

„In der Tat erstaunlich. Aber sehen wir uns diese Woche, mein Täubchen?"

„Ich werde es mir einrichten, Hoppi", antwortete Rita, Dann legte sie auf.

Nöhler hatte in der Zwischenzeit bereits den Flughafen erreicht und überlegte, wie er Rita seine Kündigung verklickern könnte. Was für ein Glück, dass sie keine Ahnung von den Fotos hatte! Auf seine Frau konnte er zählen! Das Brummen seines Handys riss ihn schließlich aus seinen vagen Zukunftsplänen. Es war eine +49-Nummer, und die soeben erhaltene WhatsApp-Nachricht ließ den Ex-Niederlassungsleiter der DigITellers erneut seine Strategie ändern.

„Hey Benjamin,

lange nicht gesehen. Zwischen meinem Mann und mir ist es aus. Der Typ hat soooo geklammert – ich habe das nicht länger ausgehalten! Ich möchte einen Kostümverleih in Mainz, Köln und Kiel aufmachen. Bist du mit von der Partie? Warst immer ein cooler, heißer Typ. Außerdem vermisse ich unsere tiefsinnigen Gespräche!

Tschüssi, Mona

Nöhler strahlte. Immer wieder hatte er in den vergangenen zwölf Monaten an seine Seelenverwandte aus Kiel gedacht. Dass sie ausgerechnet mit ihm einen geschäftlichen Neubeginn wagen wollte, war ein Geschenk des Himmels. Natürlich war er mit von der Partie, und so antwortete er:

Hey Mona,

Super, dass du bei mir anklopfst. Vermiss dich auch, meine süße Maus. Natürlich bin ich mit von der Partie! Kostümverleih ist ne Megaidee. Quatschen wir mal, wie wir das Ganze angehen. Strategie ist meine Stärke!

Tschüssi, dein Benjamin

Zufrieden steckte der Ex-Niederlassungsleiter der österreichischen DigITellers dann sein Handy in die Tasche und überlegte, wie er seiner Frau eine Rückkehr nach Kiel schmackhaft machen könnte.

Mit ein wenig Überredungskunst würde ihm das sicherlich gelingen, und dann könnte er mit Mona geschäftlich voll durchstarten. In Sachen Neustarts machte ihm schließlich niemand etwas vor.

Anspieltipp:

I can't take my eyes from you (1990)

Gloria Gaynor

Wiener Schmäh 2.0

Nöhlers Ausscheiden bei den DigITellers löste bei vielen Mitarbeiterinnen großes Bedauern aus. Hoppenstett stellte hingegen erfreut fest, dass sich die Hardware-Umsatzzahlen in der Region Nord und der Region Ostösterreich exzellent entwickelt hatten. Alle Dashboards leuchteten nun hellgrüner als der Wienerwald nach einem sanften Frühlingsregen. Wie „Laissez-Faire"-Fan Nöhler das hinbekommen hatte, war ihm noch immer ein Rätsel. Seinem Verkaufspersonal war es jedenfalls gelungen, den Scherbenhaufen, den Gruber drei Jahre zuvor hinterlassen hatte, zu kitten und der Marke „DigITellers" im Bereich Hardware beinahe so etwas wie Glamour einzuhauchen. Softwareseitig sah es allerdings düster aus. Das Wiener Team zählte gerade einmal neun Leute. Die Vertriebsspitzen Immel und Hauser führten eine U-Boot-Existenz, und dem österreichischen Supportleiter, einem gewissen Ogris, eilte im Allgemeinen ein Ruf von „Genie und Wahnsinn" voraus. Das interne Personalblatt wies ihn als IT-Wunderwuzzi, Kettenraucher, leidenschaftlichen Quantenphysiker, Ludwig Van Beethoven-Aficionado, Rockfan sowie Rapid Wien-Anhänger aus.

Im Detail betrachtet beherrschte der Mann die Programmiersprachen *PHP, C++, Java, INTERCAL, Haskell, Prolog* sowie *Malbolge*, wobei er letztere (sie galt als das Sanskrit unter den Programmiersprachen) in weniger als einem Jahr gelernt hatte. Quantenphysik rundete im technisch-mathematischen Bereich sein Wissen ab.

Ogris' Faszination für Beethoven war in diesem Zusammenhang nur auf den ersten Blick ein Widerspruch.

„Musik ist nichts anderes als der göttliche Ausdruck makelloser mathematischer Gleichungen", erklärte er allen, ob sie es wissen wollten oder nicht. Die meisten wollten es nicht wissen. So ergriffen Hauser und Immel bei seinen Ausführungen in der Regel die Flucht. Abseits von musikalischen Kadenzen, Fugen oder Rondos teilten sie jedoch seine Liebe für ehrliche Rockmusik und Fußball. Ogris war seit mehr als zehn Jahren Mitglied beim Fanclub *Ultras Rapid* und versäumte niemals ein Heimspiel.

Aber auch philosophisch ließ sich Ogris nicht lumpen. Das Science-Fiction-Jahrhundertwerk „Per Anhalter durch die Galaxis" von Douglas Adams war ihm Trost und philosophischer Unterbau zugleich und half ihm, mit dem Schwachsinn, der ihn umgab, einigermaßen zurechtzukommen. Das hatte auch modische Konsequenzen. Ogris' Garderobe umfasste insgesamt zwölf schwarze Sweater, die allesamt die Zahl „42" trugen. Diese war, zumindest in seinem Lieblingsbuch, die Antwort auf alle Fragen des Universums.

Von etwaigen Expansionsplänen seines CEO wusste der vielseitig Interessierte indes dennoch wenig. Ogris war, während Hoppenstett in Frankfurt dessen Personalblatt studierte, gerade im Keller seines Hauses, in dem er sich vor drei Jahren ein Arbeitszimmer eingerichtet hatte. Dieses diente ihm als Rückzugsort, Erholungsoase und Denkfabrik. Weder seine Frau Monika noch irgendwelche Fremden durften es betreten – was aber ohnehin niemand wollte. Ogris war nämlich der Inbegriff des chaotischen Kettenrauchers. In seinem Refugium stank es wie in einer Selchkammer und sah es aus wie in einem Saustall.
„Oida", seufzte der Tausendsassa, nachdem er sich gerade gedankenverloren eine weitere Zigarette angezündet hatte. Nach einem weiteren Horrortag im Supportcenter sollte er nun noch einen Gaming-PC für Weber, seinen Nachbarn, zusammenbauen. Bis morgen musste das Ding fertig sein, wobei Ogris gerade einmal die Vorarbeiten erledigt hatte. Arbeitsspeicher und Prozessor lagen staubfrei auf dem Mainboard, und sogar auf den Potenzialausgleich

der Einzelkomponenten hatte Ogris nicht vergessen. Nun galt es, diese fachgerecht in das Gehäuse zu schrauben und anschließend die Festplatte und das Netzteil des Super-computers zu verbauen. Genau in diesem Moment passierte aber das Malheur: Irgendetwas kitzelte Ogris in der Nase, er schloss die Augen, und nur Millisekunden später ergossen sich tausende winzige Nieströpfchen auf die sensible Hardware. Doch damit nicht genug. Auch der übervolle Aschenbecher neben dem PC-Gehäuse wurde von Ogris' Niesanfall erfasst, und so verteilten sich insgesamt fünf Zigarettenkippen und ein Haufen feinster Asche gleichmäßig über das Mainboard.

„Oida, so a Schas!" entfuhr es Ogris daher emotional durchaus nachvollziehbar, und er trommelte mit den Fäusten so fest auf den Schreibtisch, dass zwei seiner vier Monitore umkippten. Weber war schuld an dem Desaster. Wenn dieser ihn beim letzten Rapid-Match nicht mit so großem Nachdruck gebeten hätte, für ihn einen Supercomputer zusammenzubauen, wäre das alles nicht passiert. Das hatte er nun davon! Ob er die Asche und die Zigarettenstummel mit einem Staubsauger wegbekäme, war ungewiss, und so zündete er sich zur Beruhigung eine weitere Zigarette an.

„Das macht ja alles null Sinn", dachte sich Hoppenstett indes in Frankfurt, nachdem er das Personalstammblatt von Ogris studiert hatte. Ohne einen neuen Niederlassungslei-ter wäre ein Durchstarten in Wien unmöglich - das wurde ihm nun allzu schmerzlich bewusst. Doch woher nehmen und nicht stehlen? Gerade einmal drei Kandidaten hatten sich in den letzten Monaten auf eine probehalber geschaltete Job-Annonce gemeldet, wobei sich die ersten zwei mit der Frage „Sie haben mit dieser Krypto-Bude aber nichts zu tun, oder?" sofort disqualifiziert hatten. Das Profil des dritten Bewerbers hatte allerdings nicht uninteressant geklungen, und so beschloss Hoppenstett das Ganze selbst in die Hand zu nehmen. Er erklärte das Recruiting des neuen Vertriebsleiters zur Chefsache und vereinbarte bereits am nächsten Morgen mit dem verbleibenden Kandidaten ein Treffen in Wien. Aufgrund seiner Schwäche für den „Wiener Schmäh" freute er sich geradezu auf das Gespräch. Nun galt es nur noch die Frage zu klären, wo man in Wien das beste Schnitzel bekam. Zu dieser Frage kontaktierte er seine dortigen Vasallen.

„Nachricht oder nicht Nachricht – das ist die Frage. Sie sprechen mit der persönlichen Mobilbox von Gregor Hauser – DigiTellers Österreich", kam es Hoppenstett entgegen, als er die Mobilnummer des ersten Wiener Statthalters wählte. Dass der Mann offensichtlich Hamlet-Fan war, erstaunte den CEO der DigiTellers, eine Nachricht hinterließ er trotzdem nicht. Auch bei Statthalter Nummer Zwei, Immel, hatte er kein Glück, und so kontaktierte er schließlich Ogris. Diesmal war er erfolgreich.

„Wer stört?", kam es ihm vom österreichischen Supportleiter entgegen.

„Hohoho, Sie sind mir ja einer, Herr Ogris! Der berühmte Wiener Schmäh!", antwortete Hoppenstett und stellte sich gut gelaunt als CEO der DigiTellers vor. Dann schwärmte Hoppenstett von seiner Liebe zu Wien und verkündete die frohe Botschaft, dass er schon bald in die Bundeshauptstadt kommen würde.

„Schön für Sie", antwortete Ogris, was Hoppenstett erneut „zum Brüllen komisch" fand.

„Ihr Wiener habt es ja wirklich faustdick hinter den Ohren", meinte er begeistert. „Und können Sie mir auch verraten, wo es bei euch das beste Schnitzel gibt?"

„Naja, beim Figlmüller, im Landtmann oder beim Plachutta wird Ihnen ned schlecht."

Wieder war Hoppenstett begeistert.

„Hohoho! Treiben Sie es aber nicht zu bunt, lieber Herr Ogris. Mir liegt das Wienerische nämlich im Blut, und wenn ich das übernächste Mal nach Wien komme, bringe ich SIE zum Totlachen."

„Oida", dachte Ogris und fragte Hoppenstett, ob Deutsche zum Lachen wirklich in den Keller gehen. Als Schnitzelparadies empfahl er seinem CEO letztlich das Landtmann.

„Dort gibt's ois – Schnitzel, Sisi-Flair und Wiener Schmäh!", meinte er.

Eine Woche später landete Hoppenstett in der Stadt seiner Träume. Nach einer sorgfältigen Analyse der Landtmann-Homepage war er schon in Frankfurt restlos überzeugt gewesen, dass dieses ein Maximum an kulinarischer Finesse, historischer Relevanz und Authentizität in Aussicht stellte – ein exzellenter KPI-Wert für seine verborgene Wiener Seele. Inhaltlich erhoffte er sich vom Treffen mit dem letzten Kandidaten ohnehin viel. Harald Harrer hieß der Niederlassungsleiter in spe, und sein Lebenslauf wies ihn als Produktivitätsberater, mehrfachen Ironman-Finisher und Motivations-Coach im zweiten Bildungsweg aus.

Es war Liebe auf den ersten Blick. Bei einer Wiener Melange unterhielt man sich angeregt über den Wiener Schmäh, wobei der ursprünglich aus Hannover kommende Harrer Hoppenstetts Wiener Akzent überschwänglich lobte und meinte, dass dieser vom Original kaum zu unterscheiden wäre. Auch inhaltlich verstand man sich blendend. Der CEO der DigITellers erkannte sofort, dass Harrer über ein exzellentes Wissen in den Bereichen „KPI-basierte Produktivitätssteuerung" und „Dashboard-gesteuerte Sales Exzellenz" verfügte und vor Tatendrang förmlich platzte. Rasch war man daher beim „Du" und stieß mit einem alkoholfreien Bier auf zukünftige Vertriebserfolge an.

„Ich bin der Hoppi", erklärte Hoppenstett.

„Ich bin der Harry", entgegnete Harrer, der strikter Antialkoholiker war und seinem Gesprächspartner verriet, dass er gerade für einen Ultratriathlon trainiere und nach dem Landtmann-Besuch noch einen 35 km-Testlauf im Prater absolvieren wolle.

Wieder war Hoppenstett begeistert.

„Dieser Mann ist ein absoluter Profi - klug, erfahren und noch dazu locker und witzig", dachte er sich, als er das Landtmann verließ. Beim Abschied hatte man vereinbart, sich schon am nächsten Tag um Punkt neun im Wiener Office zu treffen, um Nägel mit Köpfen zu machen. Die Profite im Softwarebereich waren für ein weiteres Zuwarten einfach zu gut. Außerdem war mit einem solchen Top-Mann die Zeit für einen Software-Neustart reif.

**

Ein kurzer Exkurs über Harrers letzte berufliche Station:

Auch Harrer war mit dem Treffen im Café Landtmann höchst zufrieden. Hoppenstetts Humor gefiel ihm, außerdem hatte der Mann keine einzige Frage zu seiner beruflichen Vergangenheit bei „saveyourdata.com" gestellt. Als CFO mit Vertriebsverantwortung hatte er dort ein „Zeitalter der maximalen Effizienz" eingeläutet. Für jede Fotokopie, jedes Werbegeschenk und jede Toilettenrolle musste man unter ihm Rechenschaft ablegen, und diese Konsequenz hatte sich bezahlt gemacht. In nur einem Jahr war es ihm gelungen, den zuvor unterirdischen Cashflow um 25% zu verbessern und saveyourdata.com wieder profitabel zu machen. Dann kam das zweite Jahr. Überzeugt, dass noch genug Einsparungspotential bestünde, begann Harrer langjährige Verträge zu kündigen und bestehende Zahlungsziele auszureizen. Das sorgte unter Lieferanten gelegentlich für Unmut, doch vertrat der Kostenterminator die

Meinung, dass erst dritte – vollständig pönalfreie - Zahlungserinnerungen ernst zu nehmen wären. Wieder ging die Rechnung auf. Der Cashflow des Datenspezialisten verbesserte sich um weitere 15%.

Dann kam das dritte Jahr. Überzeugt, dass das Ende der Profitabilitätsfahnenstange noch immer nicht erreicht wäre, knöpfte sich Harrer nun den langjährigen Stromlieferanten vor, bezichtigte ihn des Wuchers und wies die Finanzbuchhaltung an, keine Rechnungen mehr zu bezahlen. Leider erwies sich diese Strategie jedoch als Schuss ins Knie. Humorlos und heimtückisch zog energy4you eines schönen Tages den Stecker, und der Datenspezialist saß im Dunkeln. Zappenduster war es mit einem Male bei dem IT-Shootingstar. Doch damit nicht genug: Da es der Cloudspezialist aus Schlamperei unterlassen hatte, Backups vorzunehmen, lösten sich 80% der Kundendaten in Luft auf. Der anschließende Rechtsstreit war kein Honiglecken.

Saveyourdata.com warf dem nunmehrigen Ex-CFO vor, die alleinige Schuld am Daten-Armageddon zu tragen. Harrer bestritt dies selbstverständlich vehement und konterte, dass ein Cloud Service Provider ohne Backup einem Tresor aus Marzipan gleiche. Letztlich führte die monatelange Schlammschlacht aber zu nichts. Saveyourdata.com war Geschichte, die Daten waren futsch und Harrers Marktwert lag nun unter dem eines Ferialpraktikanten. Dass Hoppenstett von diesem Desaster nichts mitbekommen hatte, glich in Zeiten des Internets eigentlich einem Weltwunder.

***

Am Tag des vereinbarten Office-Besuchs hatte Ogris Hoppenstetts Ankündigung, nach Wien zu kommen, selbstverständlich längst vergessen. Er hatte andere Sorgen. Auf seinem Schreibtisch stapelten sich fünfzehn defekte Laptops und zwölf kaputte Monitore. Außerdem wollte der Berg an offenen Supporttickets und unbearbeiteten Reklamationen nicht kleiner werden. Schon früh am Morgen hatte er sich daher im Supportcenter verbarrikadiert und versucht, sich mit einer Extraportion Beethoven Mut zu machen. Ogris' Mitarbeiter kannten dieses Ritual längst. Wenn es ans Eingemachte ging, bat der Chef für gewöhnlich um fünfzehn Minuten absolute Ruhe, setzte seine Kopfhörer auf und griff dann entweder zu Sinfonie Nummer 3, 5, 7 oder 9. Nicht anders war es an jenem Dienstagvormittag. Ogris entschied sich diesmal für Sinfonie Nummer 5, seine Kollegen warteten, bis er wieder ansprechbar war, und dann ergriffen die beiden Vertriebsspeerspitzen Immel und Hauser wie immer die Flucht. Beide waren vom letzten Abend ohnehin noch angeschlagen. Die private Grillparty im Büro hatte es in sich gehabt, und im Nachhinein waren beide erleichtert gewesen, nach dem achten Bier doch nicht mit dem Auto nach Hause gefahren zu sein. Professionell wirkten die zurückgelassenen Bierflaschen im Meetingraum jedoch nicht. Immel und Hauser hofften daher, dass das Reinigungspersonal noch am selben Vormittag alles auf Vordermann bringen würde.

Hoppenstett und Harrer trafen sich Dienstagmorgen wie vereinbart um Punkt neun vor dem Wiener DigiTellers-Office.

„Bereit für eine Extraportion Wiener Schmäh, hohoho?", begrüßte Hoppenstett seinen Wunschkandidaten und bat ihn dann ins Wiener Office.

„Aber immer, hehehe", antwortete Harrer, der sich noch immer ärgerte, beim gestrigen Praterlauf eine Minute über seiner Zielzeit geblieben zu sein. Der erste Office-Eindruck stellte sein positives Mindset dann zusätzlich auf eine harte Probe.

„Sind Sie die neue Putzkraft?", fragte der noch immer leicht illuminierte Hauser, als er das erste Mal seinen Vorgesetzten in spe erblickte. Dann erkannte er plötzlich Hoppenstett und verzog sich daher schleunigst und möglichst unauffällig auf die Toilette. Warum passierte das immer nur ihm und nicht Immel? Dieser war gerade auf den Balkon rauchen gegangen und hatte sich das Schlamassel erspart. Auch Ogris hatte diesbezüglich Glück. Mit maximaler Konzentration lauschte er während der Office-Führung unbemerkt den Anfangsklängen der Schicksalssinfonie von Beethoven und bekam von seinem designierten Chef rein gar nichts mit.

Tam Taratam
Tam Tarataaam

„Gehen wir es an!", meinte der Supportleiter nach den letzten Takten des Magnus Opus und widmete sich in Folge der ersten Reklamation des Tages.

Hoppenstett schlug Harrer nach der etwas missglückten Office-Besichtigung wiederum vor, das Meeting vielleicht doch an einem gemütlicheren Ort abzuhalten. Welcher Idiot würde in so einem Laden arbeiten wollen, fragte er sich, als er die Bürotür hinter sich zuknallte und zu lächeln versuchte. Harrer tat es ihm gleich, und wenige Minuten später klärte man schließlich im Café Central letzte offene Vertragspunkte.

„Mein lieber Harry", begann Hoppenstett. „Vielleicht gibt es an der einen oder anderen Stelle ja noch ‚Room for Improvement'. Aber wie ich immer sage: ‚Nur die Harten kommen in den Garten'. In diesem Sinn: Können Sie sich vorstellen, Teil unseres großartigen Teams zu werden?"

„Habe ich bei der Personalwahl freie Hand?"

„Sie geben den Walzertakt vor, hohoho."

„Ich gebe Ihnen so rasch wie nur irgendwie möglich Bescheid, hehehe", meinte Harrer dann zum Abschluss und verabschiedete sich.

Schon am nächsten Tag wurde man handelseins. Harrer ließ Hoppenstett schriftlich wissen, dass er an den DigITellers einen Narren gefressen hätte und mit maximalem *Fokus* und *Passion* schon in zwei Wochen anfangen könne. Hoppenstett schickte daraufhin Harrer (aus Angst, dass er es sich doch noch anders überlegen könnte) umgehend einen Vertragsentwurf. Diesen retournierte wiederum Triathlet Harrer (aus Angst, dass Hoppenstett doch noch vom saveyourdata.com-Drama Wind bekommen könnte) postwendend.

Bereits zehn Tage später wurde Harrer in einem internen Rundschreiben als neuer Niederlassungsleiter der österreichischen DigITellers vorgestellt. Keine einzige Zeile erinnerte darin an seine einstige *Passion* für Effizienz und Profitabilität. Ganz viel Herz und Humor hatte der Neue in den elektronischen Steckbrief gesteckt, und so durften sich die österreichischen DigITellers über folgenden (natürlich von Harrer selbst kreierten) Begrüßungstext freuen.

We siehst du dich selbst: Als Teamplayer, dem nichts so viel Spaß macht wie gemeinsame Erfolge

Was ist deine persönliche Superpower: meine Großzügigkeit und mein Humor

Was tust du, wenn's mal nicht so läuft: Ich arbeite im Garten und erfreue mich am Wunder der Natur

Was macht dich glücklich: Strahlende Kinderaugen und das Gefühl, Gutes zu tun

„Oida", dachte Ogris, als er den Steckbrief in seinem übervollen Postfach entdeckte. Dann begann er, nähere Recherchen über seinen neuen Chef anzustellen und wurde auf *Google* rasch fündig. Mindestens zwanzig Beiträge trugen den Titel „Harrer, der Totengräber des Datenspezialisten ‚saveyourdata.com'". Die meisten Fotos zeigten ihn aber als Supertriathleten, der mit schmerzverzerrtem Gesicht über die Ironman-Ziellinie in Hawaii kroch, nun aber behauptete, dass ihn strahlende Kinderaugen am allerglücklichsten machen würden.

„Oida, Oida", murmelte Ogris nun zunehmend beunruhigt und steckte sich gleich zwei Zigaretten auf einmal an. Frohnatur, Naturliebhaber und Teamplayer Harrer würde ihm einiges abverlangen. Das war so sicher wie das Amen im Gebet.

Bereits der erste Arbeitstag zeigte, dass der Supportleiter der DigiTellers mit dieser Einschätzung goldrichtig lag. Der neue Chef hatte bereits vor seinem Arbeitsantritt eine erste Analyse der aktuellen Sales-Aktivitäten durchgeführt und mit Entsetzen festgestellt, dass es weder eine dokumentierte Pipeline noch dokumentierte Termine gab. Dieser Hauser und dieser Immel schienen also entweder im Blindflug oder überhaupt nicht unterwegs zu sein. Ein noch düstereres Bild hatte der Kundenzufriedenheitsindex von Ogris gezeichnet. Im dunkelroten Bereich bewegte sich dieser, wobei interne Tickets belegten, dass er sich zudem regelmäßig als verbaler Hooligan disqualifizierte. Eine Schande war das, und so nahm Harrer sich vor, vom ersten Tag an Kante zu zeigen und ein forsches Tempo vorzulegen.

Bereits um neun Uhr zitierte der neue Chef sein Team daher in den Meetingraum und stellte sich mit einer motivierenden Rede vor.

Liebe Kollegen,
Sie können sich gar nicht vorstellen, wie sehr ich mich freue,
mit dem heutigen Tag Teil dieses wunderbaren Teams zu sein.
Wir haben Großes vor, sehr Großes! Und eines können Sie mir
glauben: Ich werde nicht ruhen, bevor die DigITellers wieder
dort sind, wo sie hingehören – nämlich on the top!"

begann Harrer und zeigte dann auf jeden einzelnen Anwesenden.

„Sie gehören ‚on the top', Sie ebenfalls, Ihr Sitznachbar auch und alle anderen auch. ‚To be on top ist unser Job' - verstehen Sie?"

„Oida", dachte Ogris und nickte. Hauser und Immel taten es ihm gleich – Ersterer sogar mit wilder Entschlossenheit, da ihm der „Putzkraft-Fauxpas" noch immer im Magen lag.

„Aber lassen wir das Business an diesem ersten Tag doch einmal ruhen, und reden wir über … Business, hehehe", fuhr Harrer dann fort. „Was, denken Sie, ist mir bei unserer Zusammenarbeit besonders wichtig?"

„Strahlende Kinderaugen?", fragte Ogris.

„Wieso strahlende Kinderaugen?"

„Naja, im Steckbrief haben Sie …-"

„Ach, das meinen Sie. Ja, natürlich sind mir die am wichtigsten. Meine Augen strahlen aber natürlich am hellsten, wenn die Resultate passen, hehehe!", erwiderte Harrer und machte sich sogleich einen ersten schwarzen Punkt auf seiner geistigen Ogris-Liste. Bei allem Humor: So eine Frechheit gleich am ersten Tag ging entschieden zu weit! Dann ging es weiter zu den aktuellen Verkaufschancen.

„Aber wenn wir schon beim Thema ‚Resultate' sind, können wir gleich zur aktuellen Sales Pipeline übergehen, OK?", fuhr er fort.

„Der was?", fragte Immel.

„Der Sales Pipeline – dem Zwischenergebnis Ihrer dokumentierten Vertriebsaktivitäten", erläuterte Harrer. „Jedenfalls ist unsere derzeit so trocken wie Death Valley im Hochsommer. Das muss sich schleunigst ändern!"

„Seit wann muss man die denn dokumentieren?", fragte nun auch Hauser, der seit Aumanns Abgang im Jahre Schnee nie wieder etwas dokumentiert hatte.

Harrer rollte mit den Augen. Hauser hatte auf seiner geistigen Liste nun ebenfalls einen schwarzen Punkt. Noch mehr lag ihm aber dieser Ogris im Magen. Fachlich mochte der Mann vielleicht zu den Besten gehören, bezüglich Charme und Umgangston schien er aber sogar Attila, dem Hunnenkönig, unterlegen zu sein. Das besagte jedenfalls der aktuelle Kundenzufriedenheitsindex, und so kam es unmittelbar nach dem ersten Teammeeting zu einer ersten Unterredung.

„Darf ich Sie kurz sprechen?", fragte der frischgebackene Niederlassungsleiter den vielbeschäftigten Supportleiter und bat diesen in sein Büro.

„Oida", dachte Ogris.

„Wissen Sie, welche Landeshauptstadt aktuell als die unfreundlichste weltweit gilt?" begann Harrer.

Ogris schüttelte den Kopf.

„Wahrscheinlich irgendeine bei den Germanen – oder noch weiter oben. Dort sollen sie angeblich in den Keller lachen gehen."

„Nein", antwortete Harrer. Es ist nicht Berlin oder Hannover. Es ist auch nicht Stockholm, Oslo oder Helsinki. Es ist – tamtaratam – Wien!"

„Na, echt jetzt? War die Jury gehirnamputiert?"

„Nein, Herr Ogris, die Jury war im Vollbesitz ihrer geistigen Kräfte. Trotzdem sind Typen wie Sie der Grund für diese desaströse Beurteilung."

„Was, ich soll schuld sein?", fragte Ogris erstaunt.

„Im übertragenen Sinne durchaus! Oder können Sie mir zu den folgenden zwei Kundenfeedbacks vielleicht Näheres erzählen?", entgegnete Harrer.

„Herr Ogris echauffierte sich beim letzten Statuscall über meinen violetten Sweater. Mit Verweis auf seinen grün-weißen Rapid-Schal erklärte er mir, dass er mir in Shirts, die ihn an Austria Wien erinnern, zukünftig den Support verweigern würde."

„Stimmt das, Herr Ogris?"

„Herr Harrer, verstehen Sie doch! Mit solchen Typen machen die im Rapid-Sektor kurzen Prozess! Wie kann man in einem Call nur so aufkreuzen. Das ist doch pure Provokation!"

„Mich interessiert das nicht! So ein Verhalten ist im höchsten Maße unprofessionell! Aber lassen wir mal ihr lächerliches Rapid-Gesülze beiseite! Was haben Sie zu diesem Kundenfeedback zu sagen:

„Herr Ogris meinte nach unserem letzten Telefonat, dass ich meinen Computer verpfänden und mich bei der Müllabfuhr bewerben soll."

War das auch ein Missverständnis?"

Ogris seufzte.

„Ich hab' ihn gefragt, was auf seinem vorsintflutlichen Monitor steht, und er hat geantwortet: ‚Eine Blumenvase'. Was soll man da noch sagen?"

Nun seufzte auch Harrer.

„Hören Sie, Mann! Sie kommen im Bereich ‚Kundenfreundlichkeit' derzeit auf einen Score von 1,2 aus 5! Ist ihnen klar, dass das ein Kündigungsgrund ist? Sie haben Glück, dass der Technikermarkt derzeit leergefegt ist und unser CEO aus unerfindlichen Gründen einen Narren an Ihnen gefressen hat!"

„Na schaun's! Der weiß halt, was er an mir hat", entgegnete Ogris stolz. Harrer ließ sich aber nicht weichkochen.

„Also, was lernen wir daraus?", erwiderte er ungerührt.

„Dass zumindest der oberste Boss gecheckt hat, dass ich's voll drauf hab?", fragte Ogris.

„Falsch!", antwortete Harrer. „Wir lernen daraus, dass der ‚Wiener Schmäh' ein Mythos ist, Sie ein kultureller Dinosaurier und werden in drei Monaten rausfliegen, wenn Ihr Score bis dahin nicht mindestens 3,5 beträgt! Hab ich mich klar genug ausgedrückt?!"

„Aber …", wollte Ogris noch einwerfen, wurde von Harrer jedoch augenblicklich unterbrochen.

„Kein Aber! Sie werden in den kommenden drei Monaten Ihr ganzes Augenmerk auf die Kundenfreundlichkeit legen. Ist das klar? Nichts anderes hat Sie zu interessieren! Außerdem entfernen Sie ihr lächerliches ‚Genie am Arbeiten – Stören auf eigene Gefahr' von der Tür des Supportcenters. Ihren ‚Rapid Wien ist meine Religion'-Schal will ich auch nicht mehr sehen! Sonst heißt es: ‚Aus die Maus' "

„ Aber …"

„Kein Aber! Sie tragen sich noch heute für den Kurs ‚Total Customer Satisfaction – maximale Umsatz Action' ein. Jeden Donnerstag und Freitag findet der in der Seestadt Aspern statt und dauert acht Wochen. Großartiger Content, großartiger Trainer! Ziehen Sie das Ding durch und zeigen Sie mir, dass selbst bei Ihnen nicht Hopfen und Malz verloren ist. Habe ich mich klar ausgedrückt?"

„Aber wer macht in der Zwischenzeit die ganze Arbeit? Ich habe insgesamt siebenunddreißig offene …"

„Ich will kein Wort mehr hören! Die Basis jedes Erfolgs ist ein positives Mindset. Sie können es sich wahrscheinlich nicht vorstellen, aber meinen Humor musste ich mir ebenfalls hart erarbeiten!"

„Oida, Oida, Oida", dachte Ogris und nickte eifrig.

„Geht klar – in acht Wochen bin ich ein echter Gent. Und wenn Sie mit mir doch nicht zufrieden sind, bewerbe ich mich bei König Charles als Butler", sagte er und zog sich in sein Service Center zurück. Dort entfernte er schweren Herzens seinen geliebten Rapid Wien-Schal.

Bereits drei Tage später begann der Leidensweg des Mindset-Studenten. Jeden Donnerstag und Freitag setzte sich Ogris in die für gewöhnlich strikt gemiedene violette U2 und fuhr an den äußersten Rand Wiens. Dort erklärte ihm ein dreißigjähriger Motivationscoach namens Sonnenberg, wie man in null Komma nichts ein systemkonformer Dauergrinser wird, der einen Popularitätspreis nach dem anderen abstaubt.

„Was ist der Unterschied zwischen denen, die es ganz nach oben schaffen und denjenigen, die mit Brotkrümeln Vorlieb nehmen müssen?", startete dieser bereits am ersten Tag mit maximaler Begeisterung.

„Die Zahl 42!", rief Ogris aus der letzten Reihe. Sonnenberg verstand den Witz aber nicht und setzte daher unbeirrt fort.

„Es ist der feste Glaube, dass man als Teamplayer alles schaffen kann!" jubelte der Dreißigjährige und schrieb seine erste Seminarweisheit auf das noch schneeweiße Flipchart:

Lächle, und die

ganze Welt

lächelt zurück!!

„Oida, und was ist, wenn einem das Lachen vergeht, weil einem nur Hirnamputierte entgegengrinsen?", rief der Supportleiter erneut aus der letzten Reihe.

„Dann ist zu hinterfragen, ob der Fragende nicht selbst hirnamputiert ist – oder einfach ein Fixed Mindset hat", entgegnete Sonnenberg souverän.

„Was ist ein Fixes Mindset?", konterte wiederum Ogris.

Nun zeigte Sonnenberg wieder ein fröhlicheres Gesicht.

„Herzlichen Dank für Ihre Frage! Mit dieser kommen wir bereits zum Höhepunkt dieses ersten Tages: Was ist der Unterschied zwischen einem Fixed Mindset und einem Growth Mindset? Mehr dazu in ein paar Minuten!"

Es folgte die erste Pause. Ogris drückte sich einen doppelten Espresso aus der Kaffeemaschine, rauchte zwei Zigaretten und trottete dann zurück in den Seminarraum.

„FIXED MINDSET", stand auf der zweiten Flipchartseite geschrieben, und darunter die vier ‚Weisheiten' des fiktiven Nullcheckers ‚Franz', der dem Untergang geweiht ist.

FIXED MINDSET

Franz beschwert sich ständig

Franz denkt, dass alle hirnamputiert sind

Franz kennt nur einen Experten: Franz

Franz meint, dass das Leben nun mal so ist wie es ist.

„Oida, Oida, der meint mich", dachte sich Ogris, nachdem er die Weisheiten von Nullchecker Franz gelesen hatte. Im Anschluss beschloss er, von nun an vorsichtiger mit seinen Zwischenrufen zu sein. Mit diesem Sonnenberg war nicht zu spaßen. Wenig später erläuterte der dauergrinsende Mindset-Experte allerdings auch Franz' Weg in den Garten Eden. So müsse dieser nur jeden Morgen gut gelaunt aus dem Bett springen und mit einem „Growth Mindset" lächelnd durch die Welt gehen. Alle würden Franz dann lieben, meinte Sonnenberg.

GROWTH MINDSET

Franz möchte die beste Version seines selbst werden

Franz ist ein Teamplayer

Franz freut sich über Erfolge der anderen

Franz lernt für sein Leben gerne

Ogris wusste an diesem ersten Seminartag bereits, dass ein Nicht-Mitspielen keine Option war. Sonnenbergs heiliges Ehrenwort, dass „alles, was in diesen Räumen besprochen wird, auch in diesen Räumen bleibt", nickte er daher brav ab und bemühte sich fortan redlich, die ‚beste Version seiner Selbst' zu werden. Nur so wäre das Dreamteam Harrer-Sonnenberg zu besänftigen. Nur so würde er das nächste Quartal bei den DigITellers überleben.

Hart, sehr hart, war dieser erste Tag für den Supportchef der DigITellers. Mit letzter Kraft schleppte er sich zur U2-Station Seestadt und überlegte dort angestrengt, ob er sich, Sonnenberg und doch seinen Neo-Chef im künstlichen See neben der U-Bahn ertränken solle. Siebzehn neue Tasks und drei neue Kundeneskalationen zeigte ihm seine Inbox an. Leider interessierten diese Harrer aber ebenso wenig wie ein umgefallener Reissack in China. Von düsteren Gedanken gepeinigt durchstöberte er daher seine Beethoven-Playlist auf Spotify und wählte schließlich die Mondscheinsonate – das wohl schwermütigsten Werk seines Idols. Dann setzte er seine Kopfhörer auf und gab sich der Trauer hin.

Sonate Nr. 14 "Mondscheinsonate"
Op. 27 Nr. 2   Ludwig van Beethoven
(1770-1827)

Nach einer letzten Beruhigungszigarette ging es dann mit der violetten U-Bahn nach Hause, wo er sich in seinem Keller verbarrikadierte und einen weiteren Gaming-Computer zusammenschraubte. Den Freitag brachte er bereits souveräner hinter sich. Das Wochenende stand vor der Tür, und montagmorgens trat der leidgeprüfte Supportcenterleiter innerlich gestärkt zum erster Harrer-Rapport an.

Tatsächlich ereignete sich bei Ogris in den folgenden acht Wochen eine Transformation, die sogar Sonnenberg überraschte. Kein „Denk dich reich und glücklich"- Video, kein

„Lächle und die ganze Welt lächelt zurück"- Clip strahlte mehr positive Energie aus als der nunmehr geläuterte Supportleiter der DigITellers. Sogar modisch kam es zu einer tektonischen Verschiebung. Anstelle seines schwarzen „42"-Sweaters trug Ogris nun einen Hoodie mit der Aufschrift „MINDSET OK, ALLES OK", und als sich der achtwöchige „Total Customer Satisfaction - maximale Umsatz Action"-Kurs dem Ende näherte, war es frohe Gewissheit: Dieser Mann hatte seine Lektion gelernt. Begeistert berichtete Sonnenberg Harrer über den „Alles, was in diesem Seminarraum besprochen wird, bleibt in diesem Seminarraum"-Content. Seine Beurteilung deckte sich aber ohnehin mit dem, was er selbst registrierte. Seit geraumer Zeit brachte Ogris nämlich schon jeden Montag Pralinen ins Office, entzündete im Supportcenter wohlriechende Vanilleduftkerzen und setzte sich dann beschwingt an seinen blitzblanken Schreibtisch.

Ogris' Charmeoffensive schlug so weitere Wellen, sodass sich sogar die Hausmeisterin erkundigte, wer denn der charmante Mann sei, der ihr jeden Morgen schwor, die „Schönste im ganzen Land" zu sein.

Harrer konnte es kaum glauben. Regelmäßig begutachtete er die von Ogris verfassten IT-Tickets und staunte über dessen völlig neuen Schreibstil. So schrieb dieser beispielsweise einer besonders anspruchsvollen Kundin die folgenden Zeilen:

Sehr geehrte Frau Lehner,

ich hoffe, diese Nachricht erreicht Sie bei bester Gesundheit und in bester Laune! Es ist mir eine außerordentliche Freude, Ihre Anfrage bezüglich des aktuellen Integrationsproblems zu bearbeiten. Bedenken Sie, dass es für uns keine Probleme gibt, sondern nur Herausforderungen, und gelegentliche Hürden für uns lediglich ein Ansporn sind, noch besser zu werden. Sollten Sie nach dieser E-Mail noch weitere Fragen haben, wenden Sie sich bitten vertrauensvoll an mich. Es wäre mir eine Freude, auch persönlich mit Ihnen zu sprechen.

Möge Ihnen das private und berufliche Glück weiterhin hold sein!

Ihr Manfred Ogris

Selbstverständlich schlug sich Ogris' Verwandlung auch in dem für ihn alles entscheidenden KPI „Kundenfreundlichkeit" nieder. Der vor kurzem noch unterirdische Score von 1,2 verbesserte sich in Rekordtempo, überschritt bereits nach einem Monat den geforderten Wert von 3,5 und pendelte sich nach drei Monaten bei einem stratosphärischen 4,95 ein. Nach Ablauf der dreimonatigen Überwachung stand schließlich das alles entscheidende Mitarbeitergespräch mit Harrer an.

„Lieber Herr Ogris", begann dieser, nachdem er seinen Supportleiter galant in sein Büro gebeten hatte.

„In meiner gesamten Karriere bin ich immer wieder auf Kollegen gestoßen, die nie ihr wahres Potenzial ausgeschöpft haben, weil sie sich selbst im Weg standen. Ein Fixed Mindset machte es ihnen unmöglich, sich weiterzuentwickeln. Sie hingegen haben in den letzten drei Monaten eindrucksvoll bewiesen, dass Verhaltensänderungen jederzeit möglich sind, wenn man nur will. Mit einem Top Score von 4,95 haben Sie das geforderte Ziel von 3,5 bei weitem übertroffen. In Sachen „Empathie", „Höflichkeit" und „Persönliche Wertschätzung" steht heute ein neuer Mensch vor mir. 4,95! Das ist Rekord, das ist olympiareif, das ist der neue Stil der DigiTellers! Ich beglückwünsche Sie."

Ogris strahlte.

„Ich bin Ihnen so dankbar, Herr Harrer! Ohne Sie würde ich immer noch meinen düsteren Supportgedanken nachhängen und das Glas halbleer sehen. Sie haben mir die Augen geöffnet. Das werde ich Ihnen nie vergessen."

Teamplayer und Triathlet Harrer war nun ehrlich gerührt.

„Vielleicht erinnern Sie sich an unser Gespräch vor drei Monaten, lieber Herr Ogris. Auch ich musste lernen, dass langfristiger Erfolg nur mit dem richtigen Mindset möglich ist. Meinen heutigen Humor und meine Lockerheit musste ich mir hart erkämpfen!"

„Das kann ich mir kaum vorstellen", entgegnete Ogris, und dann beschloss man das triumphale Mitarbeitergespräch mit einem Handshake. Vertriebsleiter Harrer ließ angesichts der phänomenalen Performancesteigerung sogar einen Sonderbonus für Ogris springen.

Bedauerlicherweise zeigte das strahlende Bild bei näherem Hinsehen aber erste Risse. In den drei Monaten, in welchen Ogris auf hundertprozentige Kundenfreundlichkeit umgeschwenkt hatte, waren aus den damaligen siebenunddreißig offenen Tickets sechshundertzehn geworden. Software-Bugs, Systemabstürze und insgesamt sieben Vertragskündigungen waren die bedauerlichen Nebenwirkungen des fulminanten Mindset-Wandels. Einen ganzen Monat hatte Ogris darauf gewartet, dass ihn Harrer endlich zu sich bestellen und anflehen würde, mit dem Blödsinn aufzuhören. Aber Fehlanzeige! Ein positives Mindset war alles, was für ihn zählte, und dieses hatte er bei Gott bekommen. Dass Ogris für diesen Scherbenhaufen sogar einen Sonderbonus bekam, war tatsächlich bemerkenswert.

Drei Tage später fand das unwürdige Schauspiel dennoch ein abruptes Ende. Anlass war der erste Quartals-Videocall zwischen Harrer und Hoppenstett. Dieser brachte Problematisches zu Tage.

„Harrer, wissen Sie, warum ich Sie eingestellt habe?", legte der CEO der DigITellers ohne Umschweife los.

„Um den Umsatz und den Gewinn der DigITellers zu vervielfachen und den Team-Spirit zu stärken?", fragte Harrer erstaunt.

„Genau richtig!", entgegnete Hoppenstett. Können Sie mir dann verraten, was da gerade in Ösiland abgeht??! Mir wurde zugetragen, dass im Wiener Office seit einiger Zeit überall Duftkerzen herumstehen, die Mitarbeiter einander lächelnd Pralinen schenken und ‚sich auf den Tag einstellen'. Ist das richtig?"

„Durchaus" antwortete Harrer stolz. „Wir haben an einigen Schrauben gedreht, und die Stimmung ist nun besser als bei ‚Mainz, wie es singt und lacht.'"

Darauf wollte Hoppenstett jedoch nicht hinaus.

„Was interessiert mich das!", schrie dieser aufgebracht in seinen Computer. „Haben Sie sich mal die Support-Kennzahlen angesehen?!!! Die Anzahl der Reklamationen hat sich verzehnfacht! Es gibt keinen einzigen ‚Go-Live', keinerlei Fortschritt bei der Produktentwicklung, und nun kommt der Clou: Scheinbar ist das jedem egal!"

„Aber Herr Hoppenstett, ich kann Ihnen versichern...", begann Harrer, wurde aber von seinem aufgebrachten CEO unterbrochen.

„Ich habe recherchiert, Harrer! Dreh- und Angelpunkt dieses Totalabsturzes ist Ihr Supportleiter in Wien! Vor dreieinhalb Monaten hatte dieser Ogris noch eine Supportticket-Closing-Rate von 97%. Mit ihrem Einstieg ist dann aber alles den Bach runtergegangen! Anfangs hab ich ja gedacht, dass der Typ nicht mehr will. Das kommt vor. Aber weit gefehlt! SIE waren der Grund für diesen Sturzflug!"

„Aber Herr Hoppenstett, ich kann Ihnen versichern, dass Herrn Ogris in den letzten Wochen ein Mindset-Shift geglückt ist, der sensationell war. Noch nie habe ich ...“

„Ach, hören Sie mir doch mit diesem Mindset-Quatsch auf", unterbrach ihn Hoppenstett nun noch aufgebrachter. „Gleich am ersten Arbeitstag haben Sie dem Mann den Auftrag gegeben, sich ab sofort ausschließlich auf seine Kommunikation zu konzentrieren und offene Tickets zu delegieren. Genau das hat der Mann getan! Ist alles genau in unserem Support-Tool dokumentiert!"

„Aber glauben Sie mir doch: Der ‚Kundenfreundlichkeitsscore' von Herrn Ogris ist mittlerweile ...“

„Hören Sie doch endlich auf! Jeder weiß, dass bei den Digl-Tellers ohne diesen Ogris absolut nichts läuft! Und was machen Sie? Sie stellen den Typen in irgendeinem ‚Lächle und die ganze Welt lächelt zurück'-Seminar kalt!"

„Aber lieber Hoppi", sagte Harrer nun fast schon flehentlich, wurde aber augenblicklich unterbrochen.

„Nichts da! Es hat sich ausgehoppelt, Harrer! Sie sind gefeuert! Aus die Maus!"

„Wie bedauerlich. Er war ein ganz Großer", murmelte Ogris zur gleichen Zeit in seinem Serverraum. Da Harrer bei seinem Videocall auf Kopfhörer verzichtet und Hoppenstetts Stimme sich fast überschlagen hatte, konnte er das Telefonat Wort für Wort mitverfolgen. Die Ära Harrer war mit diesem Tag beendet, und der nunmehr von seiner Pein

Befreite gönnte sich eine kleine musikalische Pause. Wie so oft fiel seine Wahl auf die Schicksalssinfonie von Beethoven. Seelenruhig setzte er seine Kopfhörer auf und ergab sich dem Zauber der Musik.

„Tam Taratam
Tam Tarataaam"

spielte das Orchester.

„Jetzt-ist-es-aus"
„Aus-mit-der-Mauuus"

summte Ogris.

Als Harrer zwanzig Minuten später für immer das Weite suchte, rief Ogris seine Kollegen zu sich.
„Gents, sorry! Ich weiß, dass die letzten drei Monate kein Honiglecken waren. Anders wären wir den Typen aber nie losgeworden."
Alle nickten.
„In diesem Sinne: Ab morgen geh'n wir's wieder vernünftig an. Die Software, an der ich im letzten Monat gearbeitet habe, erkennt und beseitigt Bugs vollautomatisch. Die offenen Supportanfragen können wir mit dem Ding auch abfrühstücken. In einer Woche sind wir so wieder schiffklar. Seid ihr weiterhin mit von der Partie?"

Erneut nickten alle. Prohaska schenkte seinem Chef als Zeichen der Loyalität sogar einen „Ogris rules!"-Anstecker.

Dieser war ehrlich gerührt und steckte sich diesen an seinen alten „42"-Sweater.

Dann nahm er seinen „Rapid Wien ist meine Religion"-Schal aus dem Trolley und befestigte das Schild „Genie am Arbeiten – Stören auf eigene Gefahr" wieder an der Außentür des Supportcenters.

„Wir sehen uns morgen in alter Frische", sagte er beim Hinausgehen.

Den Nachmittag verbrachte Ogris schließlich in seiner Kellerstube, wo er sich in sein neuestes Quantenphysiklehrbuch vertiefte. Der Autor des Werkes behauptete schier Unglaubliches. So war er felsenfest davon überzeugt, dass bald auch Hobbyphysiker in den Lage sein würden, einen funktionsfähigen Quantencomputer zu bauen. Ogris las und las – bis ihn seine Frau Monika schließlich aus seinen hochkomplexen Gedankengängen riss.

„Kommst du? Die spielen gleich diese Uraltserie, die du so magst. Ich merk mir nie den Titel", rief sie hinunter in den Keller.

„Echt? Ich bin gleich bei dir", rief Ogris zurück.

Zehn Minuten später saß der rundum zufriedene Supportleiter der DigiTellers in seinem „42"-Sweater auf der Wohnzimmercouch und grinste über das ganze Gesicht.

„Oida, der Typ hat's so was von drauf! Lasst sich nie unter-kriegen. Das gefällt mir!"

„Wie heißt dieser Blödsinn nochmal?", fragte seine Frau.

„Ein echter Wiener geht nicht unter", entgegnete Ogris und zündete sich zufrieden eine Zigarette an.

Anspieltipp:

Roll over Beethoven (1972)

Electric Light Orchestra

Ein Quantensprung kommt selten allein

„Freude, schöner Götterfunken,
Töchter aus Elysium,
Wir betreten feuertrunken,
Himmlische, dein Heiligtum"

tönte es durch das Büro der DigITellers, als Harrer endlich das Weite gesucht hatte. Ogris hatte mit harten Bandagen gekämpft und gewonnen – und dafür zollte ihm die ganze Belegschaft tiefen Respekt. Ein Pyrrhussieg war es dennoch gewesen. Sechshundertzehn offene Tickets und Reklamationen hatten sich in den letzten drei Monaten angesammelt, und Ogris wurde klar, dass das Schlamassel diesmal nur mit ausgefeilter Automatisierungssoftware beendet werden konnte. Sehr bald fokussierte sich der Supportcenterleiter daher auf die Entwicklung KI-gestützter Chatbots und modernster Textanalyse-Software. Erste Erfolge stellten sich nach einer Woche ein. Nach zwei weiteren Wochen waren bereits alle Altlasten abgearbeitet, und schließlich widerriefen sogar fünf Kunden ihre kürzlich vorgenommenen Vertragskündigungen. Hoppenstett atmete erleichtert auf. Der Wiener Supportcenterleiter hatte es tatsächlich geschafft, die marode Wiener Niederlassung wieder auf Vordermann zu bringen. Nur bei Ogris selbst hatte die jüngste Feuerlöschaktion Spuren hinterlassen. Er erkannte, dass die Arbeitsmethoden der DigITellers schon viel zu lange altbacken gewesen waren und automatisierte daher alles, was nicht niet- und nagelfest war. Das hatte weitreichende Konsequenzen: Erstmals brauchten ihn seine Kollegen im Supportcenter nicht mehr bei jeder Kleinigkeit, Ogris selbst ereilte allerdings das schlimmste Schicksal, das einen Vollblutnerd ereilen kann: Ihm wurde langweilig. Nickerchen im Serverraum waren bald keine Seltenheit mehr, und als ihn eines Tages sogar sein geliebter Ludwig van Beethoven langweilte, wusste er, dass es so nicht weitergehen konnte. Er brauchte definitiv eine neue Herausforderung. Nach Wochen verzweifelter Suche fiel es ihm schließlich aber wie Schuppen von den Augen. Das Thema „Quantencomputer für den Heimgebrauch" war für ihn nicht nur eine nette Ablenkung, sondern seine Passion, sein nächster Karriereschritt, seine Zukunft. Von diesem Zeitpunkt an ging alles sehr schnell. Genau zwei Monate nach Harrers Ausscheiden beantragte Ogris eine Auszeit von seinem Supportcenterjob. Ein ganzes Quartal wolle er sich nur mit quantenphysikalischen Problemen und deren praktischen Anwendungsbereichen auseinandersetzen, erklärte er dem verblüfften Hoppenstett, dem letztlich nichts anderes übrigblieb, als seine Bildungsauszeit zu genehmigen.

Tatsächlich lebte, liebte und verinnerlichte Ogris das Thema „Quantenphysik & Quantencomputer" in jeder Sekunde seines dreimonatigen Sabbaticals. Unmittelbar nach dem Frühstück zog er sich üblicherweise in seine von Rauchschwaden durchdrungene Kellerstube zurück und verließ diese erst zum Abendessen. Konkrete Ergebnisse ließen anfangs noch auf sich warten. Die Lektüre spekulativer Klassiker wie „Die neue Physik der Paralleluniversen" und „Schrödingers Katze in Theorie und Praxis" begeisterten ihn aber so sehr, dass erste praktische Versuchsanordnungen bald Gestalt annahmen. Eine wichtige Rolle spielte in diesem Zusammenhang Ogris' langjähriger Heurigenfreund Quester, der von Beruf Labortechniker war. Dieser hatte Ogris bereits vor dem Sabbatical einige Laborgeräte zukommen lassen, die für quantenphysikalische Forschungen unentbehrlich waren. Vor allem ein Spezialgerät namens „Kryostat" war in diesem Zusammenhang von enormer Wichtigkeit. In dem kühlschrankartigen Ding herrschten Temperaturen von minus 250 Grad Celsius, und diese ermöglichten es, Infrarot-Detektoren zu kühlen, Supraleiter zu testen oder Ionen in Quantencomputern energetisch stabil zu halten.

Zerstreuung suchte Ogris während seiner dreimonatigen Auszeit eigentlich nur in einem neuen Hobby, dem Morsen. Dieses praktizierte er mit einem altertümlichen, aber voll funktionsfähigen Morsegerät, das er einige Monate zuvor auf einem Flohmarkt erstanden hatte und welches ihn über alle Maßen begeisterte.

„Morsen ist für einen Entwickler das, was Hieroglyphen für einen Ägyptologen sind. Punkt (.) und Strich (-) sind alles, was du brauchst, um loszulegen. Ein Punkt ist ein ‚Dit'. Ein Strich ist ein ‚Dah'. Ein ‚Dah' hat die Länge von drei ‚Dit'", erklärte er jedem, ob er es wissen wollte oder nicht.

Die meisten, inklusive Monika, wollten es nicht wissen. Und vielleicht war das auch der Grund, warum Ogris kein Interesse daran hatte, eine seltsame Morsebotschaft, die ihn eines Abends in seinem Keller erreichte, irgendjemandem zu zeigen.

„Wissen ist nichts als Wahnsinn, wenn es aus der Zeit gefallen ist" dechiffrierte er die mit dem alten Morsegerät erhaltenen Zeichen. Diese waren eindeutig, ergaben aber beim besten Willen keinen Sinn.

Monikas resolutes „Mach dich endlich für den Besuch fertig! Die Questers kommen in fünfzehn Minuten!!!" machte ein weiteres Sinnieren aber ohnehin obsolet. Dreimal hatte sie ihren Mann schon aufgefordert, duschen zu gehen. Dreimal hatte dieser nicht reagiert. So tat sie schließlich das, was sie mittlerweile jeden Abend tat: Sie betätigte den Elektrizitätskippschalter im Erdgeschoß. Im Keller wurde es daraufhin zappenduster, und das darauf erklingende „Oida" signalisierte ihr, dass ihr Keller-Nerd verstanden hatte. Von diesem Zeitpunkt an folgte alles üblicherweise einem simplen Schema. Ogris knallte die Duschkabine hinter sich zu, murmelte ein indigniertes „Immer dieser Terror!" und schlüpfte dann in seinen brandneuen Lieblingssweater mit der Aufschrift ‚Where the f### is Schrödinger's Cat?' - eine Referenz an den Mathematiker Erwin Schrödinger und dessen quantenphysikalisches Gedankenexperiment „Schrödingers Katze".

„Wer kommt heute eigentlich zu Besuch?", fragte er, nachdem er zwei Minuten später aus der Dusche gestiegen war.
„Die Questers. Der Langweiler kommt heute mit seiner Frau", antwortete Monika. „Vielleicht bleiben mir dann diese ewigen Computergespräche erspart."
„Der Quester ist verheiratet?"
„Ja, ist er", seufzte Monika. „Dass du nicht einmal das weißt, spricht Bände. Über was redet ihr eigentlich, wenn ihr beim Heurigen seid?"
„Also das letzte Mal ging's um die Verschränkung und die Superposition dieser Qubits. Es ist nämlich so, dass …"

„...ist schon gut! So genau muss ich es nicht wissen. Dass du nichts über seine Frau weißt, wundert mich so gesehen überhaupt nicht. Jedenfalls ist sie mir letzte Woche in der Stadt über den Weg gelaufen – das heißt sie hat mich angesprochen. Etwas hyperaktiv wirkt sie, aber nicht unsympathisch."

„Und dann?"

„Na ja, sie hat mich gefragt, ob sie beim nächsten Treffen mitkommen kann. Natürlich hab ich ja gesagt."

„Und warum?"

„Vielleicht weil mich Quibs so interessieren wie das Liebesleben der Geissens?"

„Qubits", korrigierte Ogris.

„ ... jedenfalls hat sie mir auf der Stelle ihr halbes Leben erzählt. Hast du gewusst, dass sie früher Musicaldarstellerin war?"

„Wie denn? Ich hab ja nicht mal gewusst, dass der Quester eine Frau hat", antwortete Ogris, der sich mittlerweile frisiert und fertig angezogen hatte.

„Und was macht die?"

„Sie arbeitet angeblich als Energetikerin."

„Was ist eine Energetikerin?"

„Eine Energetikerin harmonisiert die körpereigenen Chakren, optimiert die Lebensenergie und bringt Körper und Geist in Einklang mit dem Universum", antwortete Monika.

„Ich verstehe kein Wort."

Genau in diesem Moment läutete es.

Ogris ging zur Haustür und öffnete diese. Was er sah, war eine regelrechte Naturerscheinung.

„Ich bin die Elli", sagte die Naturerscheinung und verewigte sich mit ihrem Lippenstift auf Ogris' linker und dann auf Monikas rechter Backe. Ein knallrotes Kleid, pechschwarzes, glänzendes Haar und dickes Make-up trug die ehemalige Musicaldarstellerin, neben der der unscheinbare Quester wie ein um seine Schultüte besorgter Erstklässler wirkte.

„Ich bin die Monika", entgegnete Monika, küsste lippenstiftlos beide Questers und führte diese dann ins Wohnzimmer.

Es ist bisweilen schwer zu sagen, warum Menschen miteinander harmonieren oder nicht. Fest steht, dass sich das Treffen der Ehepaare Ogris und Quester nicht zufriedenstellend entwickelte. Ellis Anekdoten über Schlagerpersönlichkeiten, Reality-TV-Stars und missglückte Schönheitsoperationen bekannter C-Prominenter stießen weder bei Quantenphysik-Aficionado Ogris noch bei Labortechniker Quester auf Interesse. Bei der Frage, ob die Geissens das Herz am rechten Fleck hätten oder nicht, warf schließlich auch Monika das Handtuch. Nicht einmal das Thema Astrologie brachte den erhofften Umschwung. Ellis Überzeugung, dass Menschen mit einer starken Venus-Betonung attraktiv, Saturngeprägte hingegen knöchrig und langweilig wären, zweifelte Quester massiv an.

„Ich bin nicht sicher, ob man auf einem 500 Grad heißen Planeten, auf dem Stürme toben, viel Schönes findet", ätzte er und meinte, dass Astrologie mit Wissenschaft so viel zu tun hätte wie Kaffeesudlesen mit statistischen Prognosen. Das veranlasste Elli wiederum zur Behauptung, dass ihr Mann den Weitblick einer Laborratte hätte und sie es sich nie verzeihen würde, ihre Musicalkarriere für einen wie ihn aufgegeben zu haben. Das saß. Erst beim Thema Energie gab es schließlich Licht am Ende des Thementunnels.

„Quantenphysikalisch ist es dennoch so, dass ...", startete sie einen letzten Versuch, und an dieser Stelle mischte sich erstmals auch Ogris in die Diskussion ein.

„Du kennst dich mit Quantenphysik aus?", fragte dieser höchst interessiert.

„Ja natürlich! Auf TikTok gibt es dazu hunderte Beiträge! Quantenheilung ist die Medizin der Zukunft. Vom Kopfweh bis zum verstauchten Zeh – es gibt nichts, was die Quanten nicht können. Ist alles von der Psyche bewiesen!"

„Du meinst von der Physik?"

„Ja, die natürlich auch!"

„Hmm, mir geht einfach nicht ein, wie Elektronen verschränkt und gleichzeitig unbestimmt sein können", stellte Ogris nun höchst engagiert in den Raum. „Totaler Widerspruch in sich! Die Interferenzmuster beim Doppelspalt-

Experiment machen auch keinen Sinn. Licht besteht aus Teilchen und aus Wellen, das ist schon klar. Logisch sind die Zusammenhänge trotzdem nicht."

Kurz wurde es ruhig am Tisch.

„Ja, diese Spezialfragen sind wirklich nicht banal. Ich glaube aber, dass es auch dazu ein TikTok-Video gibt", meinte Elli schließlich und räusperte sich.

„Damit hast du ausnahmsweise recht", bestätigte Quester.

Gleich darauf erfolgte ein Schwenk in die Praxis.

„Nehmen wir zum Beispiel diese kleine Autopanne letzte Woche…"

„Lass das!"

„Lass mich ausreden! Es geht hier um seriöse Wissenschaft."

Erneut stieß Quester einen Seufzer aus.

„Also, Folgendes ist mir letzte Woche tatsächlich auf der Autobahn zwischen Baden und Wien passiert. Ich sitze gerade in meinem Mini Cooper und trällere einen alten Robbie Williams-Song, der im Autoradio läuft - ‚Let love be your Energy' hieß er, glaub' ich - vor mich hin. Und da ist es passiert!"

„Was ist passiert?", mischte sich nun auch Monika in die Diskussion ein.

„Na, ‚Peng' hat es gemacht! Mein rechter Hinterreifen war plötzlich platt wie eine Flunder. Und jetzt dürft ihr dreimal raten, wie ich aus der Misere wieder rausgekommen bin?"

„Lass den Blödsinn!"

„Du hast am Pannenstreifen angehalten, hast den Wagenheber rausgeholt und den Reifen gewechselt?", versuchte Monika schließlich zu kalmieren.

„Aber wo!", entgegnete Elli. „Ich bin rechts rangefahren, ausgestiegen und hab' Kontakt mit dem Universum aufgenommen! ‚Mach, dass alles wieder gut wird' hab ich mir intensiv gewünscht. Und wisst ihr, was passiert ist?!"

„Du wirst Manfred und Monika sicherlich gleich von deiner Rettung erzählen", stichelte Quester.

Elli zuckte aber mit keiner Wimper. Triumphierend hob sie ihren rechten Zeigefinger und sagte: „Das Gesetz der Anziehung hat zugeschlagen! Ich sage es noch einmal: Das Gesetz der Anziehung! Man wünscht sich etwas intensiv, und schon manifestiert es sich! Fünf Autos sind jedenfalls stehengeblieben, und alle Autofahrer wollten mir helfen. Einer hat mir sogar angeboten, mich nach Hause zu bringen!"

Quester wurde nun erstmals ärgerlich.

„Ist doch kein Wunder, dass der Pannenstreifen in null Komma nix zugeparkt war! Du hast dasselbe rote Kleid getragen wie heute, nur noch höhere High Heels!", warf er ein.

„Eines steht außer Zweifel: Du bist der einzige Mensch, dem das Universum nicht helfen würde - weil du nämlich ein energetischer Nullchecker bist!", giftete Elli zurück.

Aber auch Ogris meldete Zweifel an.

„Also ich kann nur über subatomare Zusammenhänge sprechen. Ob Verschränkungen auch auf makroskopischer

Ebene Gültigkeit haben, wäre mir empirisch nicht bekannt."

Erneut wurde es ruhig am Tisch. Es war schließlich Quester, der das Thema wechselte und sich nach dem Kryostaten erkundigte, den er Ogris aus seinem Forschungslabor zur Verfügung gestellt hatte.

„Hat die Sache mit den künstlich erzeugten Magnetfeldern geklappt? Bei minus 260 Grad war bei uns im Labor immer Sense!"

„Teilweise", seufzte Ogris. „Das Problem liegt in der Isolierung. Ich komme mit den Feldern auf minus 265 Grad. Das reicht aber nicht, um die Qubits stabil zu halten. Mindestens minus 270 Grad sind nötig, damit das Ding funktioniert."

„Also knapp oberhalb des absoluten Nullpunkts? Mach dir nichts draus. In Seibersdorf sind sie mit dem Quantencomputer auch noch nicht weiter."

„Du baust einen Quantencomputer?!", warf Elli nun ein.

„Zumindest an den praktischen Grundlagen forsche ich", gab Ogris zurück.

„Kann ich ihn sehen?"

„Ich kann dir ein Zwischenergebnis zeigen", meinte der Hausherr schließlich und führte seine Gäste in sein Kellerreich.

„Was ist das?", fragte Elli, als sie den etwa 1,5 Meter hohen Kryostaten aus Questers Forschungslabor erblickte.

„Die Kühltruhe, die normalerweise nicht einmal ich sehen darf", antwortete Monika.

„Mein Oberboss würde mich da sofort reinstecken, wenn er wüsste, dass das Ding jetzt bei dir steht", seufzte Quester.

Ogris nickte.

„...jedenfalls hoffe ich, dass ich die Ionenfallen, die Silizium-Quantenpunkte und allen voran die Qubits darin thermodynamisch stabilisieren kann. Wenn das nicht hinhaut, bleiben Quantencomputer ein Ding der Unmöglichkeit", erklärte er.

„Was sind Qubits?", fragte Elli.

„Qubits sind die grundlegenden Informationseinheiten von Quantencomputern. Sie haben allerdings kein binäres Zahlenschema. Mit einer gewissen Wahrscheinlichkeit können sie den Wert 0 oder 1 annehmen – aber auch jeden beliebigen Wert dazwischen."

„Stimmt, diese Qubits sind total ausgefuchst", bestätigte Elli. „Ein Typ auf dem Pannenstreifen war auch so drauf. Weder Fisch noch Fleisch. Nicht Mann, nicht Frau – eben non-binär. Die Quantenphysik ist schrecklich kompliziert."

„Ich versteh kein Wort", sagte Monika.

„Ist bei mir seit der Hochzeit ein Dauerzustand. Echte Einsichten bekommt man aber vielleicht nur auf einem Pannenstreifen - und nicht in einem Labor", ätzte Quester nochmals.

„Und was macht dieses Fernrohr?", fuhr Elli dann fort.

„Das ist eine Laserdiode", erklärte Ogris. Sie schickt komprimiertes Licht, also Elektronen oder Photonen, durch zwei winzige Öffnungen in den Kryostaten. An der Rückseite ist ein Schirm gespannt. Auf diesem entsteht dann ein Interferenzmuster aus Lichtteilchen und Wellen. Wenn ich die Temperatur im Kryostaten wirklich bei minus 273 Grad stabilisieren könnte, würde das Licht die Qubits aktivieren. Das ist wiederum die Voraussetzung für einen funktionierenden Quantencomputer. Dann braucht es aber natürlich noch eine eigene Programmiersprache, Hardware und ..."

„Und was passiert, wenn man irgendetwas Größeres in das Ding steckt?", fragte Elli weiter.

„Dann könnte Schrödingers Katze ins Spiel kommen!", lächelte Ogris und zeigte stolz auf seinen ‚*Where the f### is Schrödingers Cat?*'-Hoodie.

„Steckst du Katzen in das Ding?"

„Nein, tue ich nicht. Das Ganze war ein physikalisches Gedankenexperiment. Schrödinger stellte sich eine Katze in einer nichtzugänglichen Box vor, in der radioaktives Material aufbewahrt wird. Die Überlegung war: Wenn es innerhalb einer gewissen Zeitspanne zerfällt, ist die Katze tot. Wenn es nicht zerfällt, ist die Katze gesund und munter. So weit so gut! Jetzt kommt aber das Verrückte: Der Typ bewies, dass die Katze theoretisch lebendig und tot zugleich sein kann, solange man die Box nicht öffnet. Natürlich nur in der Welt der Quanten!"

„Dieser Schrödinger war sehr klug. Katzen machen tatsächlich immer nur das, was sie wollen", bestätigte Elli.

„Ich bin noch nicht fertig. Theoretisch könnte die Katze auch außerhalb der Box sein - auch in einem anderen Universum. Sogar in einer anderen Zeit!"

„Das heißt, man kann mit der Kühltruhe in die Zukunft oder die Vergangenheit reisen?" fragte Elli.

„Theoretisch ja. Sehr theoretisch. Sehr, sehr theoretisch", entgegnete Ogris.

„Jetzt wird mir so einiges klar. Eine Freundin von mir – sie ist übrigens auch Energetikerin – meint, dass ich in einem früheren Leben hundertprozentig eine Tänzerin gewesen bin."

„Ganz gewiss", stöhnte Quester.

Damit war das Thema Quantenphysik endgültig abgearbeitet. Sinn und Zweck des Kryostaten und der Laserdiode waren nun klar, und so suchte Elli nach etwaigen anderen interessanten Kellerobjekten. Beim Morseapparat, den Ogris wenige Wochen zuvor am Ottakringer Flohmarkt gekauft hatte, wurde sie schließlich fündig.

„Und was ist das hier?" fragte sie schließlich.

„Ein Morsegerät. Morsen ist für einen Programmierer das, was Hieroglyphen für einen Ägyptologen sind. Ein Strich ist ein ‚Dah'. Ein ‚Dah' hat die Länge von drei ‚Dit'..."

„Das wissen wir schon", unterbrach ihn Monika.

„Wusstet Ihr, dass mir mein erster Freund das Morsen gezeigt hat? Ich war richtig gut!", sagte Elli.

Weder Ogris noch Monika noch Quester wussten davon. Aufgrund der fortgeschrittenen Stunde blieb es aber dabei. Der wissenschaftliche Abend ging seinem Ende zu.

„Die ganze Zeit hast du ihr aufs Dekolleté gestarrt!", meinte Monika, nachdem sich die Questers verabschiedet hatten.

„Hab' ich nicht!", protestierte Ogris.

„Hast du schon!"

„Hab' ich nicht! Dass sie beim Thema Quantenphysik so auf Zack ist, hat mich aber umgehauen. Ich meine, im makroskopischen Bereich…"

„Ganz bestimmt! Männer sind so dämlich!"

„Dir auch eine gute Nacht!"

Glücklicherweise verzog sich die ehelich dicke Luft schon am Morgen danach. Monika erkannte angesichts der detaillierten quantenphysikalischen „Nachbetrachtung" ihres Mannes, dass dieser von Frauen so viel verstand wie ein Schweigemönch von der Love Parade. Das beruhigte sie. Mit einem Kuss auf die Stirn beendete sie daher letzte amouröse Unterstellungen und entließ ihn mit einem zärtlichen „Du bist ein hoffnungsloser Fall" in seine Selchkammer. Dort bekam er plötzlich folgende Morsenachricht:

„Die Wahrheit ist, dass wir gleichzeitig kommen und gehen. Es gibt keinen Zufall", dechiffrierte er kopfschüttelnd.

Unmittelbar darauf erreichte ihn ein Anruf. Es war Quester. „Elli hätte nicht mitkommen sollen", legte dieser aufgebracht los. „Seit unserem gemeinsamen Abend sind bei ihr endgültig alle Sicherungen durchgebrannt. Sie redet nur mehr von Zeitreisen und ihrer angeblichen Tänzerinnenkarriere in ihrem früheren Leben."

„Also, streng physikalisch sind Zeitreisen schon möglich. Ich habe aber nie gesagt, dass ...", warf Ogris ein.

„Das weiß ich doch! Glaubst du aber wirklich, dass eine sogenannte Energetikerin Ahnung von Schrödingers Katze und den Grundprinzipien theoretischer Quantenphysik hat? Sie glaubt das, was sie glauben will!"

„Tun wir das nicht alle ein wenig?"

„Das kann schon sein. Ich nehme aber an, dass du zwischen deinen Laborexperimenten keine Stoßgebete an das Universum schickst, oder?"

„Ein empirisch nachweisbarer Zusammenhang zwischen Mensch und Kosmos ist nicht ..."

„Hör auf!"

„OK. Wo hast du sie eigentlich kennengelernt?"

„Beim Heurigen. Sie war die Drittbesetzung beim ‚Phantom der Oper'. Den ganzen Tisch hat sie unterhalten. Ich war gerade frisch geschieden, ein Gläschen folgte dem anderen, und irgendwie bin ich da hineingeschlittert."

„Aber die statistischen Erfolgschancen einer Ehe zwischen einem Wissenschaftler und einer Tänzerin …"

„Hör auf!"

„OK, aber warum hast du mir nicht einmal von ihr erzählt?" Quester seufzte.

„Vielleicht, weil du der größte Nerd aller Zeiten bist. Vielleicht, weil sie nicht zuhören kann. Vielleicht, weil es mit ihr immer Zoff gibt. Was hält denn Monika von ihr?"

Schweigen.

„Gehen wir am Abend einen heben?", meinte Quester schließlich.

„Yep!"

„19 Uhr beim Pold'l Wirten?"

„Geht klar."

Beruflich hatte Ogris während seines dreimonatigen Sabbaticals wenig Kontakt mit seinen Kollegen. Seine selbst entwickelte KI-basierte Customer Service Software konnte mittlerweile 90 Prozent aller Kundenanfragen abarbeiten und lernte zudem selbstständig aus ihren Fehlern. Hoppenstett entschied daher, die immer besser werdende Software auf die Preisliste zu setzen und mittelfristig auch das Supportteam zu verschlanken. Aus der Ferne beschäftigte das Ogris durchaus. Überlegungen, ob künstliche Intelligenz ganze Supportteams und Callcenter ersetzen könnte, gingen ihm immer häufiger durch den Kopf. Ellis Frage, was passieren würde, wenn man irgendetwas Größeres (im physikalischen Sinne: einen festen Körper) im Kryostaten deponiert, beschäftigte ihn definitiv aber noch mehr. Er machte erste experimentelle Überlegungen zu dieser Fragestellung, und nur eine Woche später war es dann so weit: Ogris steckte ein altes Stoffkätzchen, das ihn an Schrödingers Gedankenexperiment erinnerte, in den Kryostaten und initiierte eine Reihe an Experimenten, die jedem Tierfreund die Schamesröte ins Gesicht steigen hätte lassen. Ganze zehn Mal beschoss er Mimi, das Flohmarktstoffkätzchen, in dem auf mittlerweile minus 270 Grad Celsius herabgekühlten Kryostaten mit Photonen, bis eines Abends der erste experimentelle Durchbruch gelang: Mimis Schweif wechselte seine Position und fand sich plötzlich auf ihrer Nase wieder. Weitere Versuchsanordnungen folgten, und eine weitere Woche später passierte das Unfassbare. Mimi fand sich außerhalb des Kryostaten im Nachbargarten wieder. Nur einem glücklichen Zufall war es zu verdanken, dass Ogris der tiefgefrorenen Katze wieder habhaft wurde. Sein Nachbar hatte die Polarreisende unter einem Baum gefunden und Ogris gefragt, ob er mit der mittlerweile an Reinhold Messners Yeti erinnernden Kreatur etwas zu tun hätte. Ogris musste dies kleinlaut bejahen. Ein Ortungssensor bewachte von diesem Zeitpunkt an jeden noch so kleinen „Schritt" Mimis.

Von Quester hörte Ogris in dieser forschungsintensiven Zeit zwei Wochen lang nichts – bis sich dieser eines Abends telefonisch zurückmeldete.

„Sie will die Scheidung!", jammerte er ohne Begrüßung ins Telefon.

„Wer?"

„Na, Elli!"

„Soll ich dich nun bemitleiden oder beglückwünschen?" fragte Ogris.

„Das ist kein binäres Problem, du Nerd! Soll ich dir erzählen, zu welchen bahnbrechenden Erkenntnissen sie in den letzten drei Wochen gelangt ist?"

„Ich kann es kaum erwarten."

„Also laut ihrer Rückführungstante bin ich als hoffnungsloser Materialist auf dem spirituellen Niveau einer Küchenschabe. Um unsere Beziehung doch noch zu retten, hat sie daher vorgeschlagen, zu einem Retreat auf Mallorca zu reisen. Achttausend Euro dafür waren mir aber dann doch zu teuer!"

„Warum fahrt ihr nicht auf den Ballermann?", warf Ogris ein.

„Hab' ich ohnehin vorgeschlagen. Das hat sie mir aber nur als weiterer Beweis meiner grenzenlosen Primitivität ausgelegt!"

„Die wirft mir Monika doch jeden Tag vor. Wer lässt sich deswegen aber scheiden?"

„Nun kommen wir zum zweiten Punkt. Nachdem ich nein gesagt hatte, hat sie erneut ihre Rückführungstante aufgesucht. Sie 'wolle sich über so manches klar werden' hat sie nach der 'Fachkonsultation' gemeint und ist dann angeblich zu einer Freundin gezogen."

„Und hat das geklappt?"

„Nun kommen wir zu Punkt Drei. Kurz nachdem sie untergetaucht ist, erschien der Typ vom Pannenstreifen wieder auf der Bildfläche."

„Der, den das Universum geschickt hat?"

„Ja, sie hat es mit dem Gesetz der Anziehung begründet. 'Das Universum würfelt nicht', hat sie gemeint, und ich solle nicht so klammern."

Quester tat Ogris nun ehrlich leid. So dick hatte er es mit Monika nicht ausgefasst.

„Am Samstag ein weiteres sinnloses Besäufnis beim Pold'l Wirten?"

„Geht klar! Wer also erster unter dem Tisch liegt, zahlt!", entgegnete Quester.

Beim feuchtfröhlichen Heurigenbesuch zwei Tage später zeigte sich jedoch, dass das Thema Scheidung noch nicht gegessen war. Elli wäre sich ihrer Gefühle für den Pannenstreifentypen doch nicht sicher, erzählte Quester, und so musste er sich nochmals Ogris binäre Frage „Soll ich dich nun beglückwünschen oder bemitleiden?" gefallen lassen.

„Hör auf, du Nerd", war erneut seine ratlose Antwort.

„Geht klar", erwiderte Ogris.

Er selbst hatte in den letzten eineinhalb Wochen seines Sabbaticals ohnehin wenig Zeit für die Gefühlsangelegenheiten seines Freundes. Nach den jüngsten Teleportationen Mimis waren noch immer viele Fragen offen – so zum Beispiel, warum sich das Stoffkätzchen trotz der mittlerweile höchst stabilen Versuchsanordnungen einmal im Nachbargarten, einmal am Dach und dann wieder im Bach neben dem Haus wiederfand. Die insgesamt fünfzigste Lichtkur stellte Ogris dann vor ein komplettes Rätsel. Mimi war plötzlich unauffindbar. Ganze drei Stunden suchte er seine kongeniale Forschungspartnerin in der Nachbarschaft und hoffte, dass einzig und allein der Ortungssensor den Geist aufgegeben hatte. Umsonst. Die zuletzt dauergefrorene Plüschkatze hatte endgültig Reißaus genommen.

Aber auch in der profanen Wirklichkeit ereignete sich indes Wunderliches. Die fast zwei Wochen lang untergetauchte Elli kontaktierte eines Morgens die völlig überraschte Monika und klagte in einem tränenreichen Telefonat über Questers Unfähigkeit, die weibliche Seele zu verstehen. Das Gespräch zeigte Wirkung. Innerhalb kürzester Zeit waren Monikas Vorbehalte Elli gegenüber vergessen und wichen einer „Wir Frauen halten zusammen"-Solidarität. Kurz darauf folgte sogar eine persönliche Einladung nach Hause. Auf Ogris war sie ohnehin sauer. Das samstägige Heurigenbesäufnis mit Quester hatte es erneut in sich gehabt, und der wochenlang versprochene Besuch im Kunsthistorischen Museum am Tag danach war ausgefallen. Zudem hatte Ogris für den besagten Abend ohnehin Tickets für ein Rapid-Auswärtsspiel in Salzburg und war daher nicht in Wien.

Zu Monikas großer Überraschung entwickelte sich das Treffen großartig. So war man sich bereits nach einigen amüsanten Anekdoten einig, dass Männer ohne Ausnahme gefühlsmäßige Nullchecker wären und über diese Tatsache einzig und allein Prosecco hinwegtrösten könne. Nach eineinhalb Flaschen schwor man einander ewige Freundschaft, und nach einer weiteren schlug die mittlerweile schwer illuminierte Elli vor, einen Abstecher in Ogris' Kellerlabor zu machen. Aus unerfindlichen Gründen war ihr der mittlerweile im Dauereinsatz befindliche Kryostat nicht mehr aus dem Kopf gegangen.

Dass Ogris sein Labor am besagten Tag nicht abgeschlossen hatte, war im Prinzip keine Seltenheit, denn Monika interessierte seine Forschungstätigkeit bekanntlich überhaupt nicht. Ungewöhnlich war jedoch, dass er vor seiner Salzburgreise vergessen hatte, sein Laborequipment ordnungsgemäß abzuschalten. So leuchtete, als Monika und Elli mit Prosecco bewaffnet die Kellerstube betraten, nicht nur der ON-Schalter des Kryostaten. Auch die Leuchtdiode, mit der

Ogris in regelmäßigen Abständen Mimi beschossen hatte, sendete im Stand-By-Modus schwache Lichtsignale aus.

Anfangs hatte dies auf den weiteren Fortgang des Abends keinen Einfluss. Gemeinsam köpfte man gutgelaunt eine vierte Flasche Prosecco und vertiefte die bereits ewige Freundschaft noch mehr. Als sich Elli schließlich aber an Ogris' altem Morsegerät zu schaffen machte, entwickelte sich der zuvor so unbeschwerte Abend nicht mehr so positiv.

„Wusstest du, dass mein erster Freund deinem Manfred nicht unähnlich war? Von diesem Quantendingsbums hatte er zwar keine Ahnung, aber morsen konnte er! Das kann ich dir sagen!", begann Elli zunächst arglos mit einem Glas Prosecco in der Hand.

„Nein, wusste ich nicht", antwortete Monika geistesabwesend. Angesichts des Chaos, das im Labor herrschte, fragte sie sich, ob manche Beziehungen tatsächlich vorherbestimmt sind. Aus logischer Sicht machte ihre Ehe nämlich keinerlei Sinn. Eine Bemerkung Ellis holte sie schließlich in die Realität zurück.

„Ich finde deinen Manfred irgendwie süß, weißt du das? Würde es dich stören, wenn er mir beim Morsen einmal unter die Arme greift? Es ist schon so lange her", fragte sie Monika unschuldig. Deren eingefrorenes Lächeln signalisierte ihr jedoch sofort, dass das keine gute Idee gewesen war.

Exkurs:

Wissenschaftler tun sich in der Regel mit dem Begriff „Zufall" schwer. Er widerspricht ihrem Bedürfnis nach Ordnung, gleichzeitig kommt die Quantenphysik ohne ihn nicht aus. Der Schweizer Psychologe C.G. Jung, ein Schüler Sigmund Freuds, strebte diesbezüglich einen Brückenschlag an. Er prägte den Begriff des „sinnvollen Zufalls", den er auch „Synchronizität" nannte. Gemeint war der scheinbare Zusammenhang zwischen intensiven Gedanken und oft unmittelbar darauffolgenden Ereignissen. Gegner Jungs lehnten seine Theorie als pure Esoterik ab, andere meinten, dass diese angebliche „Synchronizität" lediglich ein anderer Begriff für „subjektive Wahrnehmung" war. Fest steht, dass viele namhafte Physiker denselben Gedanken nicht ablehnen und viele bedeutende Erfindungen – so zum Beispiel die Fotografie, das Penicillin, die Silicium-Solarzelle oder die Mikrowelle – scheinbar „zufällig" entdeckt wurden. Niemand forschte aktiv nach Röntgenstrahlen und „fand" sie. Sie wurden tatsächlich durch einen Zufall entdeckt, und erst später erkannte man ihr Potenzial.

„Der (sinnvolle) Zufall ist das Pseudonym, das der liebe Gott wählt, wenn er inkognito bleiben will", meinte zu diesem Phänomen der Theologe und Philosoph Albert Schweitzer.

*

Es ist unwahrscheinlich, dass der Gedanke des sinnvollen Zufalls Elli und Monika an jenem Abend sonderlich beschäftigte. Fest steht jedenfalls, dass der schmale Grat zwischen ewiger weiblicher Freundschaft und erbitterter Feindschaft bisweilen eng sein kann und das Hantieren mit sensiblen technischen Apparaten im volltrunkenen Zustand keine gute Idee ist. Als gesichert gilt auch, dass in Ogris Kellerlabor an jenem Abend

a) wissenschaftliche Ahnungslosigkeit
b) Prosecco-induzierte Unbeschwertheit sowie
c) weibliches Konkurrenzdenken

eine verhängnisvolle Koexistenz eingingen und eine Kettenreaktion auslösten, die sich gewaschen hatte. Mit Ellis unbedachter Äußerung über das Morsen hatte diese ihren Ursprung genommen. Deren immer wieder geäußerter Wunsch, in einer anderen Zeit leben zu wollen, hatte aber wohl den entscheidenden Impuls für das, was kam, geliefert.

„Manfred meint, dass Zeitreisen theoretisch möglich wären. Da das Universum ohnehin auf deiner Seite steht, würde ich die Chance sogar auf fünfzig Prozent schätzen. Lassen wir es drauf ankommen?", schlug Monika jedenfalls nach Ellis Bitten unschuldig vor.

„Unbedingt!", antwortete Elli begeistert. Und in diesem Moment vergaßen wohl beide Frauen, dass die Temperatur im Kryostaten mittlerweile kuschelige 273 Minusgrade betrug - eine Eiseskälte, bei der bekanntlich sogar Stoffkätzchen Mimi das Weite gesucht hatte.

Im Nachhinein ist es schwer zu sagen, ob an jenem verhängnisvollen Abend Monikas Wunsch überwog, Elli loszuwerden oder Ellis Wunsch, der Enge ihrer Zeit zu entfliehen. Fest steht, dass sich Questers Frau freiwillig in den Kryostaten begab und Monikas anschließende Aktivierung der Laserdiode das erste erfolgreiche quantenphysikalische Experiment an einem Menschen abschloss. Ein lauter Knall tönte durch den Keller, der Stromschalter im Erdgeschoss kippte, und plötzlich war es stockdunkel. Als Monika dann im sanften Licht ihrer iPhone-Lampe den Kryostaten öffnete, war es wissenschaftliche Gewissheit: Elli hatte sich in Luft aufgelöst, und Monika war mit einem Schlag stocknüchtern.

Ogris kam an jenem Abend sehr spät nach Hause. Nach einem deprimierendem 0:4 warf er seinen „Rapid Wien ist meine Religion-Schal" in die Ecke und zündete sich seine elfte Trostzigarette an.

„Was soll denn der Fußballgott machen, wenn die Landeier ein viermal so hohes Vereinsbudget haben", polterte er los.

„Hör auf! Sie ist weg", unterbrach ihn Monika.

„Wer ist weg?"

„Elli!"

„Wer ist Elli?"

„Na, Questers Frau. Sie war heute Abend bei mir und hat sich bei mir ausgeheult."

„Und warum?"

„Na, wegen ihrer Ehe. Nach der dritten Prosecco-Flasche war die zwar kein Thema mehr, sie wollte sich dann aber unbedingt deinen Eiskasten im Keller anschauen."

„Ihr wart in meinem Labor?! Meinst du den Kryostaten?!?"

„... jedenfalls ist sie mit einem Glas Prosecco in dieses Dingsbums gestiegen. Ich hab' dann diese bescheuerte Laserdiode gedrückt, und jetzt ist sie futsch – wie vom Erdboden verschluckt!"

„Sie ist was??!!", brüllte Ogris fassungslos. Dann stürzte er in den Keller und starrte in den offenen, aber immer noch leeren Kryostaten.

„Genau wie Mimi", murmelte er entgeistert.

„Wie wer?"

„Vergiss es ... Ist noch was vom Prosecco da?"

„Bedien' dich. Ist im Kühlschrank."

„Der ist auch im Kryostaten?!"

„Nein, natürlich im echten. Ich rühr das Zeug jedenfalls nie wieder an."

Rein wissenschaftlich betrachtet war Ellis Verschwinden die größte technologische Sensation des Jahrtausends. Eine Offenlegung der Fakten war jedoch unmöglich, da sie entweder mit einer Gefängnisstrafe oder einer Einweisung in eine psychiatrischer Klinik verbunden gewesen wäre.

Ogris und seine Frau hielten in den ersten Tagen nach Ellis Verschwinden aber wie Pech und Schwefel zusammen. Regelmäßig schickte er seiner Frau nun Kuss-Emojis und wunderte sich über seine plötzliche Sentimentalität. Auch bei Quester gab er sich nun zurückhaltender. Nachdem feststand, dass Elli nicht zurückkommen würde, tastete er sich vorsichtig an dessen Gemütszustand heran. Nach einigen Heurigenbesuchen stellte er glücklicherweise aber fest, dass dieser über seine ehemalige Beinahe-Ex-Frau hinwegkommen würde. Auch die Wiener Kriminalpolizei machte diesbezüglich keine Probleme. Nach halbherzigen Nachforschungen stellte sie die Suche nach Elli schon nach wenigen Wochen ein.

Letztendlich kehrte Ogris nach seinem dreimonatigen Sabbatical erleichtert zu den DigiTellers zurück. Die letzten technischen Probleme, die seine selbstentwickelte Servicecenter-Software nicht hatte lösen können, arbeitete er im Handumdrehen ab. Den Kryostaten in seinem Keller deaktivierte er, räumte erstmals in zwei Jahren auf und beschäftigte sich in seinem Labor einige Zeit nur noch mit seinem altmodischen Morsegerät – bis ihn eines Tages folgende Nachricht erreichte.

„Das Gesetz der Anziehung funktioniert. Zeit dürfte tatsächlich eine Illusion sein. In jedem Fall verläuft sie nicht linear.
Elli, Berlin 1924."

Ein einziges Mal sprach Ogris mit Monika über die erhaltene Nachricht, um ihr Gewissen etwas zu erleichtern. Von weiteren Nachforschungen zu den Themen „Paralleluniversen" und „Zeitreisen" sah er jedoch von diesem Zeitpunkt an ab.

CEO Hoppenstett traf Ogris einen Monat später persönlich in Frankfurt. Dieser hatte ihn eigens dorthin beordert, um mit ihm über die aktuelle Supportcentersituation und zukünftige Herausforderungen zu sprechen.

„Lieber Herr Ogris", begann dieser zunächst gutgelaunt. Wie Sie als begnadeter Techniker ja wissen, ist der moderne Fortschritt Fluch und Segen zugleich. Segen, weil es Ihre Servicecenter-Software war, die unseren Support wieder ‚back on track' gebracht hat. Fluch, weil ich mich als CEO der DigITellers nun aber fragen muss, wo wir zukünftig unsere Leute einsetzen sollen. Es läuft ja nun alles quasi von allein, hohoho."

„Danke", antworte Ogris.

„Was ich Sie jedenfalls fragen wollte", setzte Hoppenstett dann fort, „Wir schreiben momentan gerade den Posten eines Entwicklungsleiters aus. Wäre das nichts für Sie?"

„Und wohin soll die Reise gehen?"

„Erzählen Sie es mir", grinste Hoppenstett. „Was war der Output Ihres Sabbaticals? Wo sehen Sie Einsatzmöglichkeiten der künstlichen Intelligenz? Haben Sie schon ihren ersten Quantencomputer gebaut, hohoho?"

„Quantencomputer funktionieren", antwortete Ogris ungewöhnlich gedämpft. „Im experimentellen Bereich sind erste Rechenoperationen bereits möglich. 70-100 Qubits sind momentan das Maximum. Zukünftige Rechner werden im Bereich der DNA-Entschlüsselung und der Materialkunde aber ..."

„Was ich meine", unterbrach ihn Hoppenstett. „Was ist drinnen?"

„Was ist wo drinnen?"

„Na, umsatztechnisch, von der Marktdurchdringung? Wann kommen wir in die schwarzen Zahlen? Werden wir mit den Dingern die Digital Wolfs endlich hinter uns lassen? Oder können wir damit Teleportationen anstellen oder durch Wurmlöcher reisen, hohoho?"

„Quantencomputer funktionieren", wiederholte Ogris erneut sehr gedämpft und überlegte kurz, Hoppenstett über die erste gelungene Teleportation zu berichten. Dann besann er sich aber doch eines Besseren.

„Zeitreisen und Teleportationen sind aber natürlich reine Science-Fiction, und voraussichtlich werden sie es immer bleiben. Die theoretische und die praktische Physik gehen nicht immer Hand in Hand."

„Wie schade", seufzte Hoppenstett. „Die Teleportationen bei Star Trek waren immer meine Lieblingsszenen. Aber Kohle machen kann man mit diesen Quantencomputern irgendwann schon, oder?"

„Hmm, zumindest die Oberchefs und die Aktienbesitzer werden damit reich werden."

„Das wollte ich nur wissen, hohoho. Und die Sache mit dem Entwicklungsleiterposten überlegen Sie sich, ok?"

„Ich melde mich nächste Woche bei Ihnen. Aber nochmals: Seien Sie vorsichtig! Technologisch sollte man da nicht mit dem Vorschlaghammer vorgehen", sagte Ogris zum Abschied und fuhr dann mit dem Taxi zum Frankfurter Flughafen.

Zurück in Wien benötigte er nur wenige Stunden, um sich bezüglich des Jobangebots im Klaren zu sein. Seine Antwort wollte er Hoppenstett zunächst in einem perfektem ChatGPT-generierten Deutsch verfassen. Letztlich antwortete er aber doch wie ein echter Wiener.

Ein herzliches „Habe die Ehre" aus Wien!

Ganz ehrlich – Ihr Angebot, ganz oben bei den Schlipsträgern mitzuspielen, kann schon was! Nur irgendwie ist das nix für mich. Die Kollegen brauchen mich im Supportcenter, und mit dem Reden hab ich's auch nicht so. Aber nix für ungut: Rufen's mich einfach an, wenn's das nächste Mal in Wien sind. Dann

zeig ich Ihnen die 10er Marie in Ottakring. Das ist der Pla-
chutta für Arme – kann aber echt was! Jetzt muss ich aber wei-
ter: Der neue Chatbot fürs Supportcenter muss nächste Woche
fertig sein, und der Immel hat schon wieder seinen Laptop ge-
crasht.

Ihr Manfred Ogris

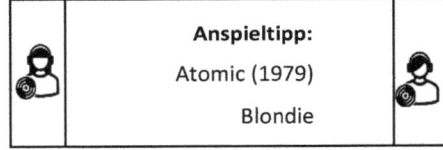

Anspieltipp:

Atomic (1979)

Blondie

Fortschritt besteht zumeist darin, neue Wege
zu finden, um alte Fehler zu wiederholen.

- Ernst Macher

Gestrandet in der Schönen Neuen Welt[1]

(eine sentimentale Mini-Dystopie)

Hoppenstett konnte es nicht fassen, dass Ogris sein Jobangebot tatsächlich abgelehnt hatte. Dreimal versuchte er den Supportleiter der DigITellers noch umzustimmen. Dreimal musste er zähneknirschend akzeptieren, dass dieser an einem Karrieresprung nicht interessiert war. Der vielleicht größte Nerd der westlichen Hemisphäre führte plötzlich fortschrittsfeindliche Argumente an und warnte vor angeblich unkalkulierbaren Risiken der Quantentechnologie und der künstlichen Intelligenz. Ausgerechnet Ogris! Dabei war er mit dieser rückständigen Geisteshaltung nicht allein. Immer öfter geisterten Warmduscher-Phrasen wie „Eine zwanzigprozentige Umsatzsteigerung ist dieses Jahr unmöglich" durch das deutsche Office, und auch die

---

[1] Der Ausdruck „Schöne, neue Welt" geht auf den gleichnamigen dystopischen Roman von Aldous Huxley aus dem Jahr 1932 zurück. In diesem wird eine Welt beschrieben, die auf den Grundsäulen Entertainment, Kommerzialisierung, Technologisierung und Genmanipulation beruht.

österreichischen Kollegen ließen ein offensives Growth-Mindset vermissen. „Schau' ma mal, dann seh' ma schon", meinten sie stereotyp, wenn die eine oder andere Extrameile zu gehen war. So konnte es einfach nicht weitergehen.

Die Musen Inspiration und Kreativität sind äußerst scheue, launische Wesen. Den einen begegnen sie während der morgendlichen Dusche, den anderen während eines ausgedehnten Urlaubs, den dritten während eines Sabbaticals oder einer Studienreise. Hoppenstett gehörte zur dritten Gruppe. Ernsthaft begann er in dieser entmutigenden Zeit daher, mögliche Ziele mit einer Entscheidungsmatrix zu evaluieren, bevor drei Wochen später das Ergebnis feststand: Die USA sollten seinem Mindset den so dringend benötigten Extrapush geben. Im sonnendurchfluteten Silicon Valley Kaliforniens würde er die Nöhlers, Harrers und Ogrisse dieser Welt endgültig vergessen und voller Inspiration und Motivation wieder nach Frankfurt zurückkehren. Das war so sicher wie das Amen im Gebet – oder das Happy End in einer amerikanischen Liebeskomödie.

*

Ein kurzer Exkurs:

Das *Silicon Valley* ist eine etwa viertausend Quadratkilometer große Region südlich von San Francisco, in der jährlich mehr als sechshundertfünfzig Milliarden Software-Dollar erwirtschaftet und mehr als dreißig Milliarden Dollar investiert werden. Mehr als zwei Millionen IT-Aficionados arbeiten gegenwärtig in diesem Epizentrum des Fortschritts und geben ihr Bestes, die Menschheit mit künstlicher Intelligenz, Prozessautomatisierung und Quantencomputern noch schneller in eine bessere Welt zu beamen. Während das „Museum Europa" bevorzugterweise auf seine ruhmreiche Vergangenheit blickt, wird im Silicon Valley Zukunft geschrieben. Das hinterlässt auch bei der Bevölkerung Spuren. Die Bewohner des Valley haben selbst bei einer siebzig Stunden-Woche eine makellose Haut, einen im Fitnesscenter gestählten Körper, volles Haar, strahlend weiße Zähne sowie ein Mindset, das konstant zwischen „Yippie yay" und „Amazing" pendelt. Sie sind rund um die Uhr glücklich.

*

Fünf Wochen nach Hoppenstetts Entscheidung, die USA mit einer Kurzreise zu beehren, war es jedenfalls so weit. Organisation und Übernachtung waren geklärt, und der CEO der DigITellers wusste, dass er dort drei Software-Giganten – nämlich *Facebook*, *Nvidia* und *Google* – besuchen würde. Gut gelaunt machte er sich daher auf den Weg zum Flughafen, wo er wenig später in den strahlend blauen Frankfurter Himmel abhob.

Atmosphärisch tauchten auf diesem aber schon beim Abflug erste dunkle Wolken auf: Erwin Hacker, der Geschäftsführer der Digitalwolfs, mit dem Hoppenstett seit Jahr und Tag in erbitterter Konkurrenz stand, hatte nämlich dieselbe

Studienreise gebucht und zu allem Unglück am Sitzplatz neben ihm eingecheckt. Mehr Pech konnte man nicht haben! Der Flug über den Atlantik entwickelte sich daher bald zu einer höchst unangenehmen Reise in die Vergangenheit. Unaufhörlich wärmte der Erzfeind uralte Kamellen auf, und so blieb Hoppenstett nichts anderes übrig, als sich gleich nach dem Start einen Beruhigungsdrink zu genehmigen. Vom Hochprozentigen gestärkt folgten erste verbale Gegenangriffe, und als das „Fasten Your Seatbelts"-Zeichen erlosch, erkannte auch Hacker, dass dieser Flug nur mit dem einen oder anderen Drink zu überstehen war. Leidenschaftlich und zunehmend illuminiert zankte man sich fortan mit Gin Tonic bis zur US-Ostküste. Über Tennessee genehmigte man sich den ersten Whiskey, über Arizona einen Tequila und knapp vor San Francisco schließlich einen California Dream. Kurz vor der Landung war dann Schluss mit der Vergangenheitsbewältigung. Man schlief den Schlaf der Gerechten, und zwei Stewardessen und zwei Stewards waren nötig, um Hoppenstett und Hacker aus dem Flugzeug zu befördern.

Am San Francisco Airport dauerte es schließlich ganze drei Stunden, bis die nach Innovationen Dürstenden das Gelände verlassen konnten. So hatte der Immigration Officer zunächst Probleme, die in schlechtem Englisch vorgelallten Gründe für die Einreise in die USA zu verstehen. Die Frage „What's your name?" beantwortete Hoppenstett mit

einem eher unangebrachten „Ei nehm' zwei Gin Tonic!",
und dann donnerte dieser so laut gegen den Bodyscanner,
dass eine Leibesvisitation unausweichlich wurde.

Letztlich klappte es mit der Einreise aber doch. Ein etwas
untersetzter, gequält lächelnder Mann begrüßte die Reisegruppe mit den Worten „Welcome to California! Ich bin
Thomas Roth und darf Sie im Namen von *Silicon Valley
Tours* herzlich begrüßen". Dann erklärte dieser in perfektem Berlinerisch, dass er die Ehre hätte, sie und zweiund-
zwanzig weitere Manager vier Tage lang durch das Valley
zu kutschieren. Hoppenstett und Hacker waren bei ihrer
Ankunft, wie bereits erwähnt, nur bedingt aufnahmefähig.
Die geneigte Leserschaft sollte aber wissen, warum es Roth
bereits viele Jahre zuvor nach Kalifornien verschlagen
hatte. Wieso verdingte sich ein waschechter Berliner als
Teilzeitreiseleiter bei *Silicon Valley Tours*? Warum war dieser nicht nur Reiseleiter, sondern auch Technology Evangelist bei einer Security-Softwarefirma und Prediger in einer
Kirche, die den seltsamen Namen „Silicon Valley Church of
Prosperity & Wisdom" trug?

Ein kurzer Rückblick:
Berlin gehörte nach dem Mauerfall 1989 gewiss zu den fas-
zinierendsten Städten der Welt. Ausgelassen feierte man
das Ende des DDR-Kommunismus und hoffte auf eine bessere Zukunft nach der Wiedervereinigung Deutschlands.

Roth war hierbei keine Ausnahme. Dass Computer und Software seine Zukunft sein würden, wusste er schon allzu früh, und so tingelte er in den ersten fünf Jahren des neuen Jahrzehnts quer durch Berlin, baute unermüdlich Computer zusammen und installierte vorsintflutliche – damals natürlich hochmoderne – Softwareprogramme. Das Geschäft lief gut, doch erst in der zweiten Hälfte des Jahrzehnts trat Deutschland in ein neues technologisches Zeitalter ein: Mit rasender Geschwindigkeit setzte sich das Internet durch, und der glühende Computerfan erkannte, dass dieses die Welt vollkommen verändern würde.

Im Jahr 1997 wurde es dann beruflich ernst. Roth heuerte bei seinem ersten Arbeitgeber an, einem Berliner Startup namens „*Revolution 9*". Dieses hatte soeben seine erste E-Commerce-Lösung auf den Markt gebracht, vor allem aber erkannt, dass die Welt beim Eintritt in das neue Jahrtausend auf einen gigantischen Softwarebug zusteuern würde – das sogenannte „*Jahr 2000 (Y2K)-Problem*". Dieses hatte seinen Ursprung in der Computer-Steinzeit (also den 1970er Jahren), als Speicherplatz überaus rar war und kurzsichtige Programmierer dachten, dass das Jahr 2000 noch in sehr ferner Zukunft läge und zweistellige digitale Datumsangaben, die wesentlich weniger Speicherkapazität benötigten, vollkommen ausreichend wären. Software-Äonen später (also im Jahr 1997) drohte diese Schluderei allerdings zum existenziellen Menschheitsproblem zu werden. Computer würden – so argumentierten jedenfalls die sogenannten „Y2K-Berater" – beim Datumwechsel vom 31.12.1999 zum 01.01.2000 in heilloses Chaos stürzen. Toaster würden implodieren, Atomkraftwerke würden sich abschalten und Blackouts würden der menschlichen Zivilisation den Garaus machen. Glücklicherweise wusste Roth, der mittlerweile in den Vertrieb gewechselt hatte, aber ein Heilmittel gegen den drohenden Weltuntergang. Schon mit einem klitzekleinen Entwicklungsauftrag könne *Revolution 9* das totale Daten-Armageddon abwenden, erklärte er seinen Kunden und erkannte an seinen Vertriebserfolgen, dass er auf einer wahren Goldader saß. Je näher die Jahrtausendwende kam, desto nervöser wurden die Interessenten und umso mehr akzeptierten sie maßlos überteuerte Preise. Bald flossen die Y2K-Umsätze wie Honig im Schlaraffenland, und auch in Sachen E-Commerce lief alles wie am Schnürchen. Die sogenannte „New Economy" etablierte sich, deren Vertreter meinten, dass ab sofort das @-Zeichen reichen würde, um unendlich reich zu werden. Tatsächlich funktionierte das drei Jahre lang hervorragend. Jede Softwarebude, die etwas auf sich hielt, bewarb ihren Produktbauchladen nun mit Superlativen wie *„Revolution"*, *„Evolution"* oder *„Neues Zeitalter"*. Am Abend feierte man die neue Wirtschaftslehre wiederum in schicken Clubs mit Champagner und Kaviar. Auch Roth ließ es damals ordentlich krachen. Regelmäßig machte er die Nacht zum Tag, investierte fast sein gesamtes Gehalt in New Economy-

Aktien und wartete dann ungeduldig auf die nächste Kurs-explosion.

Einige Monate später, genauer gesagt im Sommer 1998, war dem Software-Überflieger dann auch noch das Liebes-glück hold.

Zu den Klängen des Prince-Klassikers „1999" lernte er im Berliner *E-Werk* Annette kennen. Es war Liebe auf den ers-ten Blick.

"Say, say, 2000-00, the party 's over and out of time", rief die blonde Schönheit ihrem New Economy-Hero am Dancefloor ins Ohr.

"So tonight I'm gonna party like it's 1999", antwortete die-ser, und dann war es um ihn geschehen.

Es folgte die gewiss schönste und aufregendste Zeit in Roths jungem Leben. Ein ganzes Jahr lang machte man ge-meinsam die Nacht zum Tag. Ein ganzes Jahr lang lebte man in seinem eigenen Universum, abgekapselt von der garsti-gen Außenwelt.

Nur ideologisch, das zeigte sich bald, war man meilenweit voneinander entfernt. Während Roth als *New Economy-Che-Guevara* den Untergang der *Old Economy* predigte, sympathisierte die ehemalige Hausbesetzerin Annette mit Verschwörungstheorien zum baldigen Weltuntergang. Am 11. August 1999 werde, so meinte sie jedenfalls, die Welt aufgrund einer totalen Sonnenfinsternis von Naturkata-strophen biblischen Ausmaßes erschüttert werden. Ein Ko-met würde einschlagen und negative karmische Energien würden die Menschen in völliger Desorientierung zurücklassen. Ein Überleben wäre nur möglich, wenn man sich vor der Sonnenfinsternis in einen unterirdischen Bunker zurückziehe und diesen mindestens zwei Monate lang nicht verlasse. Nur so – das meinte zumindest der Kurzzeitvermieter des Bunkers - könne man den drohenden Weltuntergang unbeschadet überleben.

Roth hatte mit Prophezeiungen dieser Art freilich wenig am Hut. Als „Esoterik-Schmus" bezeichnete er diese, doch Annette ließ sich von ihrem Bunkerplan partout nicht abbringen. Am 10. August 1999 wurde es dann bitterernst. In einer von Endzeitstimmung durchdrungenen letzten Nacht erklärte die vom todsicheren Weltuntergang Überzeugte ihrem Aktienhelden feierlich, dass es nun endgültig Zeit wäre, der alten Welt „Lebewohl" zu sagen und sich – ohne Handyempfang und jeglichen Kontakt zur Außenwelt – zwei Monate lang unter der Erde zu verstecken. Herzzerreissende Szenen spielten sich ab. Mit Tränen in den Augen flehte Annette ihren Thomas ein letztes Mal an, mit ihr in den Bunker zu gehen. Dieser meinte jedoch lapidar, dass der tatsächliche Weltuntergang zum Jahreswechsel 1999/2000 stattfinden würde – und zwar dann, wenn es ihm nicht gelänge, jedem Unternehmen zwischen Rosenheim und Kiel einen Datumsumstellungsauftrag zu verhökern. Gegen eine sehr wahrscheinliche Zielerreichung von 350 Prozent hatte das gemeinsame Bunkerkuscheln keine Chance. Doch gelobte der Starverkäufer feierlich, dass er, falls die Welt doch nicht untergehen sollte, am 11. Oktober vor dem Bunker auf Annette warten würde. Dann erfolgte eine weltuntergangsbedingte Beziehungspause.

Die Welt ging am 11. August 1999 nicht unter. Gerade einmal zwei Minuten und dreiundzwanzig Sekunden wurde es gegen Mittag zappenduster, und einige Vögel zwitscherten etwas lauter als sonst. Damit hatte es sich aber auch schon. Roth schaute sich das seltsame Naturschauspiel zwischen zwei Kundenterminen an und dachte dabei wehmütig an seine Holde. Zeit für Liebeskummer blieb aber kaum. Ein Termin jagte den nächsten, Kunden rissen sich um das *Y2K-Rescue-Package* von *Revolution 9*, und Mitte September bekam Roth schließlich ein unerwartetes und sensationelles Jobangebot. *Commerce4ever*, eine amerikanische Softwarebude mit Mini-Niederlassung in Berlin, bot dem Software-Überflieger aus heiterem Himmel einen Traumjob in ihrem US-Headquarter an. Roth müsse sich allerdings rasch entscheiden, betonte man, und seinen Dienst schon einen Monat später im kalifornischen Palo Alto antreten. Roth konnte es nicht fassen. Das angebotene Gehalt bei *Commerce4ever* war fast doppelt so hoch wie bei *Revolution 9*, und so kam es wie es kommen musste: Er entschied sich für Kalifornien und gegen ein Wiedersehen mit Annette. So eine Chance konnte er sich einfach nicht entgehen lassen.

Einen Monat später war es dann so weit. Der umtriebige Berliner sagte seiner Heimat auf Nimmerwiedersehen und bezog im sonnigen Palo Alto eine Wohnung, die ihm *Commerce4ever* temporär zur Verfügung gestellt hatte. Die Würfel waren nun endgültig gefallen. Roth hatte die Liebe seines jungen Lebens der Karriere geopfert, und das hinterließ Spuren. Regelmäßig wachte er nachts schweißgebadet auf und machte sich schwere Vorwürfe. Gleichzeitig versuchte er sich einzureden, dass er langfristig ohnehin nicht von Luft und Liebe allein leben könne und eine Partnerin, die verrückt genug war, sich zwei Monate lang in einem Bunker zu verstecken, gewiss keine „Frau fürs Leben" wäre. Wie dem auch sei: Roth hatte mit seinem Umzug nach Kalifornien sein bisheriges Leben hinter sich gelassen, und das wurde am 11. Oktober 1999 auch Annette schmerzlich bewusst. Am besagten Tag entstieg sie wie geplant dem unterirdischen Bunker und stellte erstaunt fest, dass in Berlin alles beim Alten geblieben war. Kein Komet hatte eingeschlagen, kein Tsunami hatte Deutschland überschwemmt und keine kosmische Strahlung hatte die Erde unbewohnbar gemacht. Auf Thomas wartete sie vergeblich. So wich ihre erste Erleichterung über die ausgebliebene Katastrophe bald einer schambehafteten, bitteren Erkenntnis: Ihr Aufenthalt unter der Erde war umsonst gewesen, und ihren Thomas hatte sie aufgrund des Bunker-Sabbaticals wohl für immer verloren.

Roth lebte sich indes immer besser in seiner neuen Heimat ein. Als designierter *Technology Evangelist* stürzte er sich mit Begeisterung in seine Arbeit und investierte gleichzeitig jeden Penny, den er verdiente, in neue, aufstrebende New Economy-Firmen. Die Strategie ging auf. Ein Aktienhoch jagte das nächste, und als er und seine Kollegen im schicksten Club von San Francisco den Jahreswechsel feierten, stellte man erleichtert fest, dass die (IT-)Welt den Sprung ins neue Jahrtausend tatsächlich ohne größere Probleme bewältigt hatte. Kein einziger Toaster war implodiert, kein einziges Atomkraftwerk explodiert. Die prophezeite Katastrophe war ausgeblieben. Somit stand fest: Das neue Jahrtausend würde eine einzige Poolparty werden und der Champagner würde niemals versiegen. Vergessen konnte er Annette aber sogar in dieser legendären Nacht nicht.

Einige Wochen später meldete sich die Realität zurück. Die vor kurzem noch so spendierfreudigen Investoren verloren ihre Geduld und wollten plötzlich wissen, ob *Commerce4ever* denn überhaupt Kunden hätte.

„Leider nicht", musste Roth zerknirscht eingestehen, und so endete die Champagnerparty bereits im März 2000. Der *Neue Markt* kollabierte, der *Nasdaq* schmierte ab und die *Dotcom*-Blase platzte über Nacht wie ein Luftballon. Roths New Economy-Aktien waren plötzlich weniger wert als ein Tiefkühlschrank im ewigen Eis der Arktis.

Trotzdem ließ sich der Exilberliner von diesem ersten schweren Rückschlag seines Lebens nicht unterkriegen. Nachdem *Commerce4ever* das Zeitliche gesegnet hatte, heuerte er bei der Software-Schmiede *Security4ever* als Technology Evangelist an. Experten hätten vor den Auswüchsen des Internetbooms immer schon gewarnt, erklärte er seinen Kunden jetzt, und nur der Einsatz ausgetüftelter Sicherheits-Software würde vor neuen Krisen schützen. Auch anlagetechnisch ging Roth nun anders vor. Er deckte sich mit Immobilien-, Versicherungs- sowie Bankenaktien ein und legte sich mit 85 Prozent Fremdfinanzierung ein Häuschen zu. Selbst ein Nickerchen vor dem Fernseher wäre riskanter als ein Immobilienkredit, meinte er nun voll Überzeugung.

Bedauerlicherweise sollte die Realität aber auch diese todsichere Regel Lügen strafen. Schlecht war es 2008 nämlich um die US-Wirtschaft bestellt. Der Bankensektor geriet in die Krise, die Zinsen stiegen, die Immobilienpreise sanken, und Roth musste erkennen, dass er sich seine Überfliegeraktien erneut auf den Bauch pinseln konnte. Zudem war er gezwungen, sein so schmuckes Häuschen für einen Spottpreis verhökern – sein lange Zeit so netter Bankberater war plötzlich unauffindbar. Was blieb, war ein Haufen Schulden, und immer öfter fragte sich der Gestrauchelte, ob Experten wirklich mehr von Wirtschaft verstünden als Kaffeesudleserinnen oder Tarot-Kartenlegerinnen.

Was folgte, war eine Periode voller Zweifel und Unsicherheiten. Roth behielt zwar seine Fixanstellung bei *Security4ever,* finanziell sah es aber zunehmend düster aus. Die Rückzahlungsraten des Immobilienkredits fraßen all seine Reserven auf, und so blieb letztlich nur mehr eine Lösung: Ein Zweitjob musste her, und zwar rasch.

„Not lehrt beten, Not macht aber auch erfinderisch", besagt ein altes Sprichwort, und tatsächlich sollte der Nebenjob, den Roth ein Jahr nach der sogenannten Subprimekrise annahm, rein gar nichts mit seinem bisherigen Werdegang zu tun haben. Eine Kirchenbroschüre war es jedenfalls, die dem Berliner eines sonnigen Sonntagmorgens am Santa Monica Boulevard in die Hände fiel und wieder Hoffnung schenkte. In dieser behauptete ein gewisser Reverend Black, dessen strahlendes Antlitz das Cover zierte, dass Reichtum und ewiges Glück ein Heimspiel wären, wenn man sich einer Kirche mit dem seltsamen Namen „Silicon Valley Church of Prosperity & Wisdom" (SVCPW) anvertrauen würde.

Roth konnte das Wort „Religion" damals gerade einmal buchstabieren, doch musste er anerkennen, dass die Heilbotschaft der SVCPW absolut überzeugend war. Glasklar legte Reverend Black im Werbefolder dar, dass Geben nicht nur seliger als Nehmen wäre, sondern:

a) Die SVCPW jederzeit bereit wäre, (von der Steuer abschreibbare) Spenden zu akzeptieren.

b) Sie im Gegenzug beim Herrn ein gutes Wort einlegen würde und

c) Der Herr wiederum den edlen Spender im Jenseits wie im Diesseits dafür fürstlich entlohnen würde.

Roth konnte es kaum glauben. Der skizzierte Businessplan war sensationell. So versprach dieser schon bei kleinen Spenden einen göttlichen Energieschub, bei großzügigeren Zuwendungen aber den totalen finanziellen und spirituellen Triumph.

„Das ist ja besser als Multilevel Marketing!", jubelte Roth, als er die Hochglanzbroschüre fertiggelesen hatte, und fragte sich, ob der Job eines Wohlstandspredigers nicht auch etwas für ihn wäre. Als ein solcher hätte er neben seiner Beschäftigung bei Security4ever ein absolut krisensicheres Einkommen, würde jede Woche mitreißende Gospels singen und könnte sich bei fehlerhaften „Lieferungen" immer auf seinen Chef ausreden. Dieser wäre im Fall der Fälle dann einfach nicht zu sprechen oder anderweitig verhindert. Das klang nicht nur lukrativ, sondern absolut krisensicher.

Ein Problem gab es jedoch: Roth fehlten für den Job die Qualifikationen. Ein einmaliger Ministrantendienst im Alter von elf Jahren – Roth war damals vom Berliner Pfarrer obendrein als „ungeeignet" bezeichnet worden – war seine einzige geistliche Referenz. Auch der Jobtitel „Technology Evangelist" konnte theologisch gesehen wenig überzeugen. Doch wo ein Wille, da auch ein Weg! Auf Basis eines Online-Bibelcrashkurses eignete sich Roth jedenfalls in nur drei Monaten ein so profundes Bibelwissen an, dass er es schließlich wagte, sich bei Reverend Black zu bewerben. Dieser hatte anfangs große Bedenken. Roth hätte theologisch weniger zu bieten als ein Hedgefonds-Manager, meinte dieser. Salestechnisch überzeugte der Ex-Berliner aber auf ganzer Linie. In nur einem Jahr würde er den Spendenumsatz der SVCPW um das Doppelte steigern, erklärte er dem Reverend euphorisch, und das machte schließlich den Unterschied. Mit einem begeisterten „Halleluja" schüttelte der Reverend Roths Hand und gab ihm eine Chance.

Nur zwei Tage später startete der Neo-Wohlstandsprediger seine Karriere bei der SVCPW und bewies von Anfang an, dass er es voll draufhatte. Die bislang sehr bescheidenen Spendeneinkünfte schossen in die Höhe, und so erhielt er bereits nach einem Monat einen unkündbaren Vertrag, in dem vereinbart war, dass die Kirchenbenutzung für ihn gratis wäre und er zudem 70 Prozent aller Spendeneinnahmen behalten könne. Roths Saure-Gurken-Zeit war somit endlich zu Ende. Der Ex-Berliner predigte und predigte, begeisterte den Reverend mit immer höheren Spenden und stotterte allmählich seinen Kredit ab.

Nach etwa sieben Jahren begann jedoch auch diese „sichere Bank" erste Risse zu bekommen. Influencer entdeckten auf Social Media zunehmend ihre Liebe zu Onlinepredigten und Internet-Segnungen. Außerdem tauchte mit Paul Best ein neuer Stern am Predigerhimmel der SVCPW auf. Dieser war nicht nur jünger als Roth, er hatte auch volleres Haar, weißere Zähne und konnte es, was seinen Body Mass Index betraf, locker mit jedem Beachvolleyballspieler aufnehmen. Nach und nach musste Roth seine Poleposition in der SVCPW an seinen neuen Konkurrenten abtreten. Die bis vor kurzem noch imposanten Spendeneinnahmen gingen kontinuierlich zurück, und 2019 war er schließlich gezwungen, einen dritten Job anzunehmen. Er heuerte beim Reisespezialisten *Silicon Valley Tours* an und zeigte fortan deutschen und amerikanischen Reisegruppen die Schönheiten rund um San Francisco.

*

An dieser Stelle kehren wir in die Gegenwart zurück — beziehungsweise an jenen Punkt, an dem Roth die beiden CEOs Hoppenstett und Hacker in seinen Minibus setzte, ins Hotel brachte und am nächsten Tag wieder abholte.

Unendlich müde und gerädert fühlte sich der CEO der DigI-Tellers an diesem Morgen. Der *California Dream*, den er am Vortag noch kurz vor der Landung getrunken hatte, lag ihm noch immer schwer im Magen. Seine müden Augen versteckte er hinter einer dunklen Sonnenbrille. Von einem Werbetransparent, das die beiden Seitenflächen des

Busses zierte, nahm er dennoch Notiz. Ein Hollywood-Beau mit Slim Fit-Sakko, akkuratem Scheitel und blendend wei-ßen Zähnen war auf diesem abgebildet und versprach „Glück, Erfolg, Reichtum und ewiges Leben".

„Wer ist das?", wollte Hoppenstett wissen, als Roth ihm mit einem mitleidigen Blick seinen im Tourpreis inkludier-ten Gratisrucksack überreichte.

„Paul Best, die fleischgewordene Erlösungsmaschine des Silicon Valley!", entgegnete dieser missmutig.

„Was ist eine Erlösungsmaschine?"

„Sie werden es noch heute erfahren."

„Und wohin fahren wir jetzt?"

„Zu *Facebook* – oder *Meta*, wie sie sich mittlerweile nen-nen. Steht alles in Ihren Unterlagen."

Hoppenstett nickte. Für ein tiefsinniges Gespräch fehlte ihm ohnehin die Energie, außerdem signalisierte ihm Roth, dass er sich der Reisegruppe widmen müsse. So stellte sich der Ex-Berliner kurz darauf als „King of California" vor, ver-wies dabei auf seine gülden leuchtende Plastikkrone und erzählte dann von seiner ewigen Liebe zu Kalifornien. Kurz darauf drückte er den Play-Button seiner mobilen Karao-keanlage und versuchte sich am Beach Boys-Klassiker *Good Vibrations*. Die Vibrationen, die dabei durch den Bus gin-gen, waren jedoch alles andere als gut. Hoppenstetts Schä-del brummte nun auf Hochtouren. Aus unerfindlichen

Gründen fand der Chef der DigITellers den um Stimmung Bemühten dennoch sympathisch.

„Ihr Deutsch ist perfekt. Sind Sie tatsächlich Amerikaner?", fragte er Roth, nachdem dieser endlich den Stopp-Button gedrückt hatte.

„Aber wo, waschechter Berliner! Kurz vor der Jahrtausendwende bin ich ausgewandert. Sie wissen ja: ‚Amerikanischer Traum ', ‚Only the sky is the limit', ‚If you can make it there, you can make it everywhere', und so weiter. "

„Genau meine Devise! Leute mit einer solchen Einstellung suche ich in Frankfurt händeringend."

Roth rollte mit den Augen.

„Gestatten, Thomas Roth – Software Technology Evangelist, Teilzeit-Reiseleiter und Teilzeit-Prediger", sagte er dann.

„Sie sind Reiseleiter, Software-Seller und Prediger in einer Person?"

„Jep! Der Move vom Vertriebsprofi zum Wohlstandsprediger wird im Allgemeinen überschätzt. Neben den *Low Hanging Fruits* im Jenseits gibt es in dieser Branche auch ein riesiges Diesseits-Potenzial."

„So habe ich das noch nie betrachtet. Und wo predigen Sie?"

„In der SVCPW, der ‚Silicon Valley Church of Prosperity & Wisdom', wo auch dieser Best performt!"

„Der am Bus klebt?"

„Der am Bus klebt!"

Hoppenstett nickte.

„Was denken Sie? Sollte ich auch ein Bild von mir auf meinen Firmenwagen kleben?", fragte er vorsichtig.

„Das würde Ihre Kunden sicherlich begeistern", entgegnete Roth und überreichte Hoppenstett dann einen Stapel persönlich signierter Gebetsvisitenkarten.

„Wäre nett, wenn Sie die im Bus verteilen. In den letzten beiden Jahren lag meine Erfolgsrate bei 95 Prozent. Die neue Formel ist noch effektiver. Jede Spende amortisiert sich im Durchschnitt nach drei Wochen."

Aufmerksam studierte der CEO der DigITellers Roths Visitenkarte.

Der Herr möchte, dass du erfolgreich bist!
Der Herr möchte, dass du schön bist!
Der Herr möchte, dass du reich bist!
Schicke Reverend Roth eine kleine Spende!
– und er checkt den Rest!

PS: Besucht mich auch auf www.rothpraysforyou.com
Jetzt mit optimierter Formel für das Diesseits und Jenseits!

Kein Zweifel: Der Mann war ein Profi. Sogar einen „Call to Action" hatte er auf seiner Visitenkarte eingebaut. Profis wie Roth suchte er in seiner Heimat bislang leider erfolglos. Unabhängig davon konnte sich aber auch das Programm des ersten Tages sehen lassen. So steuerte der Silicon Valley Tourbus bereits am ersten Exkursionstag Meta, eines der größten Softwareunternehmen der Welt, an. Jeder Mitarbeiter, der in dem etwa 260.000m² großen

Gebäudekomplex angestellt war, arbeitete rund um die Uhr und übte sich in bewundernswerter Selbstoptimierung. Das wurde bereits beim Empfang ersichtlich. Mit einem überschwänglichen „Super excited to see you" überreichte die Rezeptionistin Hoppenstett & Co. ihre Besucher-Badges, und dann führte ein muskelgestählter Head of Security die Reisegruppe in die gigantische Eventhalle. Eine beeindruckende Veranstaltung mit dem Titel „Artificial Intelligence for our Brave New World" stand an jenem Tag auf dem Programm, und tatsächlich bestand bereits nach der Begrüßung kein Zweifel, dass der Titel nicht zu viel versprach. Ein förmlich vor Elan berstender Moderator peitschte das Auditorium mit einem begeisterten „Are you ready for the AI-Revolution?" ein, und danach priesen die Meta-Jünger bis zum frühen Nachmittag die Vorzüge der totalen Automatisierung. Mit Hilfe dieser, so versprachen sie, wäre die nach Qualitätsinformationen dürstende *Facebook*-Gemeinde nicht mehr gezwungen, kapriziösen menschlichen Influencern und Content Creators zu folgen. Künstliche Influencer würden ihnen endlich ihren Knochenjob abnehmen und rund um die Uhr vollautomatisierte Videos produzieren. Drehbuchautoren, Schauspieler und Regisseure hätten dann ebenfalls Sendepause. Sie müssten nicht mehr über Inhalte nachdenken und könnten sich tiefenentspannt einzig und allein auf das Filmeschauen konzentrieren.

Auch gelobte man feierlich, nicht ruhen zu wollen, bis auch die letzte schändliche Ineffizienz dieser Welt ausgemerzt wäre, und warnte eindringlich vor Miesepetern und Ewiggestrigen, denen der KI-Boom gegen den Strich ging. Man brauche sich doch nur das Aktienpotential anzusehen, um zu wissen, was Sache ist, jubelte der vorletzte Sprecher und verließ dann mit einem „Time to act NOW" die Bühne.

Restlos überzeugt griffen die fast zweitausend Hallenbesucher nun zum Smartphone und stockten beherzt ihr KI-Aktienportfolio auf. Endlich würden alle unendlich reich werden, ohne einen Finger krümmen zu müssen! Lediglich beim letzten Beitrag gab es leise Misstöne. Ein humorloser Querschläger in der ersten Reihe – wahrscheinlich ein eingeschleuster Kommunist – erdreistete sich tatsächlich, die gesellschaftliche Verantwortung des Gastgebers zu hinterfragen und wurde daher vom muskelbepackten, lächelnden Head of Security umgehend aus der Halle eskortiert.

Der absolute Höhepunkt des Tages folgte aber zum Abschluss. So kündigte der noch immer vor Elan strotzende Moderator den Stargast des Tages an und frohlockte, dass dieser es geschafft hätte, hochmoderne Mindset-Methoden mit noch moderneren Gotteskonzepten zu verbinden. Diese würden die nach maximaler Performance Suchenden noch effektiver, erfolgreicher und somit glücklicher machen. Nun kannte die Spannung keine Grenzen mehr. Die Bühne verdunkelte sich, Trommelwirbel setzte ein und

Stroboskopblitze zuckten durch die Halle. Und dann, wie aus dem Nichts kommend, erschien eine gertenschlanke, akkurat gescheitelte, gottähnliche Gestalt mit blendend weißen Zähnen: Paul Best – die fleischgewordene Erlösungsmaschine des Silicon Valley. Atemlose Stille lag nun über der Halle, bis die Gestalt ihre Stimme erhob.

Mit „Liebe High-Performer, liebe Low-Performer, liebe um Gewissheit Ringende", begann der Beste der Besten eine seiner wohl besten Reden.

„Technologien kommen, Technologien gehen. Die Suche nach der neuesten Photoshop-App, dem neuesten Smartphone, dem fortgeschrittensten Avatar gleicht allzu oft dem Mythos des Sisyphos. Kaum gefunden, verwandelt sich dieser schon in einen digitalen Neandertaler und stürzt den Menschen erneut in Verwirrung und Ratlosigkeit. Fürwahr, die menschliche Existenz ist von Unsicherheit und ewigem Wandel geprägt. Rastlos wandert der Mensch durch die Welt, beseelt vom Wunsch nach hochauflösenden Videospielen, glatterer Haut und maximal performanten Aktien.

Doch gibt es – das möchte ich euch heute versichern – einen Ausweg aus diesem Jammertal. Ewige Produktivität, Schönheit und Wohlstand sind erreichbar! Allerdings nur, wenn ihr bereit seid, zunächst auch zu geben! Großzügig zu geben, um dafür später umso fürstlicher entlohnt zu werden.

Wisset: Nicht nur unser heutiger Gastgeber folgt dem elften Gebot ,No Hustle, no Muscle'. Auch der Herr liebt selbstverständlich jene mehr, die unermüdlich an sich arbeiten und bereit sind, die eine oder andere Extrameile zu gehen.

Vielleicht werdet ihr euch jetzt fragen, warum ich euch das alles erzähle. Nun, wie ihr vielleicht wisst, agiere ich seit Jahren erfolgreich als Sprachrohr zum Herrn. Und als dieses bin ich gerne bereit, für euch ein gutes Wort bei ihm einzulegen. Was Ihr dafür tun müsst? Nicht viel! Schickt mir einfach eure Gebete (und vielleicht auch eine kleine Spende), und lasst euch überraschen, wie rasch ihr mit Wohlstand und Luxus überhäuft werdet – wie im Himmel so auch auf Erden!"

„Donnerwetter, das ist Calvinismus vom Feinsten!", flüsterte Hoppenstett Hacker zu. „Ein Produktivitätsevangelium für das Jenseits UND das Diesseits! So etwas bräuchten wir zu Hause auch. Dann könnten sich Typen wie Immel, Hauser oder Ogris warm anziehen. Die Frage ist nur, welche konkrete Leistungen dieser Best anbietet. Das hat er noch nicht verraten."

Sekunden später erhielt Hoppenstett aber auch auf diese Frage eine klare Antwort.

„Die Ungläubigen unter euch werden sich vielleicht fragen, ob ich zu viel verspreche – vielleicht, weil euch der amerikanische Traum entschwindet wie Madonna und Demi Moore die ewige Jugend! In diesem Sinne: Seid unbesorgt! In nur wenigen

Momenten werdet ihr auf dieser Leinwand mein tausendfach erprobtes Instant-Erlösungsprogramm kennenlernen! Dieses bietet nicht nur eine hundertprozentige, sondern eine hundertzehnprozentige Erfolgsgarantie – so wahr ich Paul Best heiße!"

„Donnerwetter", meinte nun auch Hacker. „110% gibt es in unseren Breitengraden nur bei Küchenraspeln im Werbefernsehen!"
Die Anspannung in der Halle erreichte nun ihren absoluten Höhepunkt. Stroboskoplichter prasselten erneut erbarmungslos auf die perfekt ausgeleuchtete Bühne, und plötzlich erhob sich aus der Dunkelheit ein perfekt animierter Hologramm-Moses. Dieser zeigte auf Bests ultimatives Erlösungsangebot.

Danach erhob Best ein zweites Mal seine sonore Stimme und führte das Publikum feierlich durch sein vierstufiges Erlösungsprogramm. Dieses, so führte er aus, bestünde aus einem Beginner-Modul, zwei Advanced-Modulen und einem Profi-Modul, deren USPs absolut überzeugend wären. „Donnerwetter", flüsterten Hoppenstett und Hacker nun unisono. „Das Ganze muss sich ja verkaufen wie die warmen Semmeln. Der Typ ist ein Genie!"

Nicht anders dachten die zweitausend Eventbesucher über Paul Best. Nachdem er ein letztes Mal „110 Prozent!" ins Mikrofon gebrüllt hatte, brach frenetischer Applaus los, und dann stürmte die ganze Halle den perfekt ausgestatteten Bücherstand des Wohlstandspredigers.

Nur Roth konnte der Begeisterung wenig abgewinnen.
„Ich ertrage diesen Typen einfach nicht mehr! Hat er wieder sein 110%-Erlösungsprogramm vorgestellt?", fragte er Hoppenstett entnervt, als dieser dreißig Minuten später in den Bus stieg.
Dieser nickte.
„Nicht nur die @-Revolution frisst ihre Kinder. Auch der Herr dürfte mittlerweile einen Narren an der Influencer-Generation gefunden haben", seufzte Roth. „Dabei glaubt dieser Typ noch immer, dass der echte Jesus in ‚Jesus Christ Superstar' mitgespielt hat!"
Hoppenstett grinste.

„Sind Sie eigentlich gläubig? ", fragte er dann vorsichtig.

„Glaube ist mehr als theologisches Kampfflächeln", antwortete Roth schließlich ausweichend. Ich muss Ihnen sicherlich nicht sagen, dass ich von Bests Instant-Erlösungsprogramm nichts halte. Ich denke aber, dass es so etwas wie ,Instant Karma' gibt."

„So wie Instantkaffee?"

„So ähnlich. Ein ,Instant Karma' ereilt uns jedenfalls noch in diesem Leben. Es ist die Belohnung oder die Bestrafung für das, was wir auf der Erde hinterlassen."

„Und was für ein ,Instant Karma' hält das Leben für Sie bereit?"

„Darüber möchte ich nicht sprechen. Ich kenne Sie dafür zu wenig. Ich habe aber sicher einige Fehler in meinem Leben gemacht. Privat und auch beruflich. So wie ich damals die E-Commerce-Fahne hochgehalten habe, hält die Generation Z jetzt die KI-Flagge hoch. Die Geschichte wiederholt sich. Man muss nur älter werden, um das zu verstehen."

„Das klingt ein wenig sentimental?"

„Vielleicht. Ich denke einfach, dass wir in eine immer schneller werdende, ungewisse Zukunft rasen. Die Türen der Vergangenheit sind aber ohnehin verschlossen – beruflich, vor allem aber privat."

Hoppenstett schwieg.

„Allmählich verstehe ich, warum Ihnen das Predigen liegt", sagte er dann.

„Meinen Sie? Dann kommen Sie doch übermorgen in die SVCPW! Ich halte dort um 23 Uhr eine Predigt."

„23 Uhr? Ist das Ihr Ernst? Wer geht um diese Zeit denn noch in eine Kirche?"

"Das habe ich Reverend Black zu verdanken. Die Uhrzeit ist seine Rache für einen unkündbaren Vertrag, den ich mit ihm vor sieben Jahren abgeschlossen habe. Jede Woche hofft er, dass ich das Handtuch werfe. Jede Woche enttäusche ich ihn. Aber mein Immobilienkredit zahlt sich leider nicht von selbst zurück."

„Und wer ist vor Ihnen dran?"

„Eben dieser Best", antwortete Roth und rollte mit den Augen.

„Jetzt wird mir so einiges klar", nickte Hoppenstett. Dann setzte er erneut seine dunklen Sonnenbrillen auf und versuchte auf der Rückfahrt zum Hotel ein wenig zu schlafen.

Möglicherweise ist es eine Laune des Schicksals, dass Europa und Amerika nie ganz zueinander finden. Während der alte Kontinent stolz, kritisch und bisweilen melancholisch auf seine ruhmreiche Vergangenheit blickt, kann es der neuen Welt in Sachen Fortschritt gar nicht schnell genug gehen. Ähnliche Gedanken gingen Roth jedenfalls durch den Kopf, als er Hoppenstett & Co. am zweiten Tag vom Hotel abholte, seine goldene „King of California"-Plastikkrone aufsetzte und einen weiteren Karaoke-Song anstimmte. Sein melancholisches „It Never Rains in Southern

California" klang besser als am Vortag, und Roth erntete bescheidenen Applaus. Wenig später erreichte der Silicon Valley Tourbus das Exkursionsziel des zweiten Tages.

Nvidia – so nannte sich das Unternehmen, das die Reisegruppe an diesem Tag besuchte – residierte in einem Gebäude, das dem Mutterschiff aus Star Trek nachempfunden war. Es war in den letzten Jahren zum absoluten Shooting Star des Silicon Valley aufgestiegen. Mit Grafikprozessoren hatte es dreißig Jahre zuvor seinen Triumphzug angetreten, sich später aber vor allem im Bereich künstlicher Intelligenz einen Namen gemacht. An *Nvidia* kam niemand vorbei, und das war auch der Grund, warum sich auf dem 800.000 m² großen Areal in regelmäßigen Abständen tausende Besucher einfanden, um auf dem neuesten KI-Stand zu bleiben.

Bezüglich Begrüßung und Anmeldeformalitäten unterschied sich von Meta wenig. Erneut war die Rezeptionistin „super excited", die europäischen Gäste zu begrüßen. Erneut führte ein muskelbepackter Security Officer diese in die kolosseumartige Veranstaltungshalle. Erneut führte ein vor Elan strotzender Moderator durch das dichte Veranstaltungsprogramm. Erneut priesen hochrangige Manager die Vorzüge der totalen Automatisierung. Mensch und Maschine würden schon bald eine göttliche Vereinigung eingehen, Musiker bräuchten keine grottenschlechten Songs mehr produzieren, und bildnerische Meisterwerke würden im Sekundentakt entstehen, jubelten die Vortragenden. Doch damit nicht genug. Mit Begeisterung berichtete der Boss des neo-humanistischen Shootingstars, dass schon bald 100 Millionen KI-Assistenten bei *Nvidia* arbeiten würden: Der erste Schritt in ein Zeitalter grenzenloser Effizienz und Profitabilität. Begeistert stockten die fast dreitausend Besucher daher auch an diesem Tag ihr Aktienportfolio auf und gelobten feierlich, alles der beglückenden Effizienz unterzuordnen, um noch mehr Knete zu machen.

Hoppenstett erfasste an diesem zweiten Tag jedoch erstmals ein vages Gefühl des Unbehagens. Das hatte teilweise mit seinem Gespräch mit Roth zu tun. Technologisch hinkten die DigiTellers *Nvidia* und *Meta* aber auch mindestens dreißig Jahre hinterher. Während die Shootingstars des Silicon Valley überschwänglich über grenzenlose Effizienz sprachen, scheiterten seine Pappenheimer bereits beim Versuch, Kunden in einer Adressdatenbank anzulegen und eine vernünftige PowerPoint-Präsentation zu erstellen. Wettbewerbstechnisch sah es, so gesehen, nicht gut aus. Roth selbst wartete an diesem zweiten Exkursionstag nicht im Bus, sondern begleitete die Reisegruppe in die Veranstaltungshalle, nahm allerdings in der letzten Reihe Platz und beobachtete von dort aus kopfschüttelnd das Treiben. Dabei blätterte er immer wieder in einem dicken Schmöker, der aus der Ferne wie ein Kunstbuch aussah. Hoppenstett unterließ es, den Exil-Berliner darauf anzusprechen.

Roths Worte „Wir rasen in eine immer schneller werdende, ungewisse Zukunft" gingen ihm aber nicht mehr aus dem Kopf, und so beschloss er später im Hotel, sich Roths Predigt in der SVCPW am Abend danach tatsächlich anzuhören.

Müde und mitgenommen sah der Ex-Berliner am dritten und letzten Tag der Studienreise aus. Ein ernster Ausdruck lag auf seinem Gesicht, dennoch versuchte er sich auch diesmal an einem Karaoke-Song. Überraschend souverän intonierte er den Klassiker „Californication" bis zur zweiten Strophe. Als er die Zeilen „Marry me girl, be my fairy to the world" erreichte, verstummte er aber plötzlich, setzte seine goldene Plastikkrone ab und entschuldigte sich mit Tränen in den Augen bei der Reisegesellschaft. Ungewöhnlich ruhig war es daher auf der Fahrt zum letzten Exkursionsziel der Reise: *Google*.

Wie kein anderes Unternehmen hatte *Google* in gerade einmal sechsundzwanzig Jahren den Lauf der Welt verändert. Nicht nur war es ihm gelungen, alle Straßenkarten und Enzyklopädien der Welt obsolet zu machen. Es hatte es zudem geschafft, die Bereiche „Künstliche Intelligenz" und „Quantencomputer" so weit auszubauen, dass eine Symbiose der beiden Themen zum Greifen nahe war.

Wie schon die Tage zuvor wurde die europäische Reisegruppe auch diesmal von einer überaus freundlichen

Rezeptionistin empfangen und einem durchtrainierten Security Officer in eine sakral anmutende Veranstaltungshalle gebracht. In dieser begrüßte erneut ein vor Tatendrang strotzender Moderator das Publikum, brüllte diesmal aber „Are you ready for the QUANTUM COMPUTING-Revolution?" in das Mikrofon. Wieder beantwortete das Publikum die Frage mit einem euphorischen „Yeah – we are ready!", und dann frohlockten die Vortragenden, dass zukünftige Quantencomputer unsere Welt völlig auf den Kopf stellen würden. Menschen würden sich endlich ihrer Einzigartigkeit bewusst werden und ihr Denken und Tun dennoch einer omnipotenter Maschine überantworten. Alles würde wunderbar werden.

Auch an diesem letzten Tag wurden die präsentierten Inhalte mit frenetischem Applaus bedacht. Mehr als dreitausend Menschen zückten begeistert ihr Handy und deckten sich mit Quantencomputer-Aktien ein, dass es eine wahre Freude war. Hoppenstetts vages Unbehagen wuchs an diesem dritten Tag jedoch weiter an. Die Aussicht, mit den in der Halle präsentierten technischen Innovationen mitzuhalten, war so realistisch wie Elon Musks Plan, schon bald den Mars zu besiedeln. Dunkel erinnerte er sich nun auch an Ogris' kulturpessimistische Bedenken und fragte sich, ob es Grenzen des technischen Fortschritts geben solle. Erstmals wusste er es nicht mehr zu sagen.

Roth saß an diesem letzten Exkursionstag erneut in der letzten Reihe der gigantisch großen Veranstaltungshalle. Sein Kopfschütteln wich an jenem Tag einem resignativen, traurigen Blick, und er starrte lange auf eine ganz bestimmte Abbildung in seinem Kunstbuch. Diese zeigte einen mittelalterlichen Turm, den hunderte Menschen im Schweiße ihres Angesichts errichteten. Auch an diesem letzten Exkursionstag sprach Hoppenstett Roth weder auf sein Verhalten im Bus noch während des Events an. Seine Predigt in der Silicon Valley Church of Prosperity and Wisdom wollte er aber unbedingt besuchen.

Als der CEO der DigITellers, wie geplant, kurz vor 23 Uhr die SVCPW betrat, sah er gerade noch, wie Paul Best sein viertes und teuerstes Erlösungs-Package mit 110% Erfolgsgarantie präsentierte und im Anschluss mit „Don't go for second best!" an Roth übergab. Dieser würdigte den hämisch grinsenden Widersacher jedoch keines Blickes, blieb auf dem in violettem Licht getauchten Altar mindestens eine Minute regungslos stehen, blickte nach links, blickte nach rechts und … wartete.
Erst als das Raunen immer lauter wurde, räusperte er sich, und dann wandte er sich mit ungewöhnlich fester Stimme an die wenigen, die die Kirche noch nicht verlassen hatten.

„Liebe Gemeinde, liebe wahrhaft Gläubige", begann er.

„Im Leben eines jedes Menschen gibt es einen Punkt, an dem sich die Frage „Was ist Sein und was ist Schein?" nicht mehr länger verdrängen lässt. Ist dieser Moment erreicht, helfen weder Disziplin noch Ironie. Es steht eine Entscheidung an. Entscheiden sich die Suchenden weiterhin für den Schein, wählen sie nicht notwendigerweise den Weg des Teufels, gewiss aber den der Kapitulation. Begnügen sie sich nicht mehr mit dem Schein, ist es nicht notwendigerweise eine Hinwendung zu Gott. In jedem Fall ist es aber eine Befreiung und eine Hinwendung zum Sein.

Ich spreche heute nicht zu euch, weil ich mehr über Gott weiß als ihr, sondern weil ich diesen Punkt nun erreicht habe. Auch glaube ich fest daran, dass nur das Sein, niemals aber der Schein zu Gott führen kann.

In den letzten Jahren habe ich immer wieder um ein Zeichen des Herrn gebeten – ein kleines Zeichen, das mir sagen sollte, was zu tun war. Ich erhielt keines. So dachte ich jedenfalls. In Wahrheit schickte er mir Zeichen über Zeichen. Ich wollte sie lediglich nicht sehen.

Warum ich euch davon heute Abend erzähle: Jeder von euch trägt solche Zeichen in seinem Herzen. Er muss ihnen lediglich Gehör schenken. Und er muss mutig genug sein, nicht dem Schein, sondern dem Mensch-Sein den Vorzug zu geben. Das ist die einfache Wahrheit.

In diesem Sinne bitte ich euch, heute Abend weder für mich, einen Paul Best oder dieser verdammten Silicon Valley Church

of Prosperity & Wisdom zu spenden. Spendet für diejenigen,
die es wirklich nötig haben – aber nicht, weil Ihr euch etwas
davon versprecht. Ich wünsche euch nur das Allerbeste. Und
wenn ich eine letzte Bitte an euch richten darf: Seid einfach
nett zueinander!"

Nachdem Roth die Worte „Seid einfach nett zueinander"
gesprochen hatte, legte er seinen Talar ab und verließ die
Silicon Valley Church of Prosperity & Wisdom für immer.
Fast zwei Minuten lang war es in der Kirche mucksmäus-
chenstill. Die Predigt des Exildeutschen hatte die Besucher
tief berührt.

Hoppenstett blieb in jener Nacht noch eine ganze Stunde
in der Kirche sitzen und versuchte zu verstehen, welche Be-
weggründe wohl für Roths Kehrtwende den Ausschlag gegeben hatten. Um zwei Uhr morgens kehrte er dann in das
Hotel zurück, wo er in einen unruhigen Schlaf fiel.

Roth holte die Reisegruppe am nächsten Morgen pünktlich
vor dem Hotel ab und brachte sie zum San Francisco Airport.

„Wie fanden Sie meine gestrige Predigt?", fragte er Hoppenstett kurz vor dem Erreichen des Flughafens.

„Woher wissen Sie ...?"

„Ich bitte Sie. Die einzig relevante Frage ist, warum Sie gekommen sind. Ich schätze Sie nicht als einen sonderlich
gläubigen Menschen ein."

Hoppenstett schwieg.

„Ich bin mir nicht mehr sicher. Jedenfalls schließe ich nicht länger aus, dass es tatsächlich Zeichen gibt."

Roth nickte.

„Das ist der Anfang", erwiderte er.

„Aber was werden SIE jetzt tun? Wie wollen Sie weiterhin im Epizentrum des Scheins leben?"

„Ich weiß es nicht. Ehrlich, ich weiß es nicht", antwortete Roth schließlich. „Vielleicht ist dieses Eingeständnis aber auch gut. Es macht jedenfalls keinen Sinn, etwas aufrechtzuerhalten, was schon längst nicht mehr da ist. Ich habe viele Fehler gemacht."

„Hier in Kalifornien?"

Roth schüttelte den Kopf.

„Den mit Abstand größten habe ich in Berlin gemacht, und der ist nicht mehr gutzumachen. Etwas in der Seele zerbricht. Man lebt dennoch weiter – es ist eben dieses ‚Instant Karma', über das wir gestern gesprochen haben", antwortete er schließlich leise und überreichte Hoppenstett dann einen Kunstdruck jenes Gemäldes, das er in den letzten beiden Tagen immer wieder betrachtet hatte. Es war der „Turmbau zu Babel[2]" von Pieter Bruegel. Das erste

---

[2] Der Turmbau zu Babel ist ein religiöses Gemälde von Pieter Bruegel dem Älteren aus dem Jahr 1563. Dargestellt wird das im Ersten Buch Mose (Gen 11,1–9 EU) geschilderte Unternehmen der Menschen, einen Turm zu bauen, „dessen Spitze bis an den Himmel reiche".

Mal seit vielen Jahren fühlte Hoppenstett, wie ihm Tränen in die Augen stiegen.

„Melden Sie sich bei mir, wenn Sie doch Ihre Zelte hier abbrechen sollten", sagte er zum Abschluss und überreichte Roth seine Visitenkarte.

„Das würde ich ganz sicher tun", entgegnete dieser, umarmte den CEO der DigITellers ungelenk und fuhr dann zurück in seine kleine Wohnung in Palo Alto. Das erste Mal in seinem Leben wusste er partout nicht, wie es weitergehen sollte.

„Gestrandet in der schönen neuen Welt. Manchmal denke ich, dass die Welt vor fünfundzwanzig Jahren tatsächlich untergegangen ist", dachte er wehmütig und warf seine „King of California"-Krone in den Mülleimer unter der Spüle. In diesem Moment läutete das Telefon. Es war eine ihm unbekannte deutsche Nummer.

„Spreche ich mit Thomas Roth?", fragte die Anruferin.

„Ja. Was kann ich für Sie tun?"

Ganze zehn Sekunden war es totenstill. Gerade als er auf-
legen wollte, vernahm er jedoch die folgenden Worte:
„Ich bin's, Annette. Wir haben damals beide einen großen
Fehler gemacht. Fest steht: Du hast einen vierundzwanzig-
jährigen Sohn, der seinen Vater kennenlernen möchte."

Anspieltipp:

Die with a smile (2024)

Lady Gaga & Bruno Mars

Die ganze Welt ist eine Bühne, und alle
Menschen haben ihre Rolle zu spielen.

frei nach William Shakespeare (1564-1616)

Theater, Theater

(eine existenzialistische Posse)

Der Vorhang öffnete sich. Zwei Männer betraten die Bühne. Der eine war dick, der andere doof. Glücklich wirkten beide nicht. Auch die Trauerweide zu ihrer Linken machte ihrem Namen alle Ehre.

„Nichts zu machen", sagte der Doofe. Es war ihm nicht gelungen, sich seiner Schuhe zu entledigen.

„Vielleicht" erwiderte der Dicke. „Dabei dachte ich lange, dass man sich einfach nur mehr anstrengen muss!"

„Ein schwerer Fehler!"

„Was lange währt, wird letztlich gut", sage ich immer.

„Nichts im Leben währt ewig. Wenn du mich jetzt aber entschuldigst – ich möchte mir die Schuhe ausziehen. Und das will mir partout nicht gelingen!"

„So ist der Mensch nun mal. Er schimpft auf seine Schuhe, dabei sind seine Füße schuld!"

„Ja, ja, red' nur."

„Soll ich dir eine Geschichte erzählen?"

„Nein."

„Aber dann vergeht die Zeit schneller."

„Gibt es die denn?"

„Was?"

„Die Zeit?"

Stille.

„Komm wir gehen", meinte schließlich der Doofe.

„Wir können nicht!"

„Warum?"

„Wir warten auf Godot."

„Die Typen haben ja nicht alle Tassen im Schrank!" raunte Varga seiner Frau zu. Sie wohnten einer Aufführung von *„Warten auf Godot"* bei, und schon die Anfangsszene verhieß nichts Gutes.

„Hör auf, Franz!", wisperte Sophie. „Dieses Stück gilt als DER Klassiker des absurden Theaters. Gib ihm zumindest eine Chance."

„Tu ich doch! Was bleibt mir anderes übrig? Warum zieht sich der Typ aber nicht einfach seine Schuhe aus?"

Sophie seufzte. Ihr Mann hatte mit absurdem Theater so viel am Hut wie Helene Fischer mit Zwölftonmusik, und die beiden schwarz gekleideten Existenzialisten in ihrer Loge machten alles nur noch schlimmer. Mit hochtoupiertem schwarzem Haar und leerem Blick umklammerten sie ein Buch mit dem Titel „Wozu das Ganze?", was einen unauffälligen Abgang unmöglich machte. Absolut nichts tat sich da vorne, und daran änderte auch das Auftreten eines sadistischen Geschäftsmanns namens Pozzo und dessen masochistischen Dieners Lucky nichts. Die Aufführung war so spannend wie ein Besuch im Schweigekloster.

„Dieser Godot ist fürs Klo" resümierte Franz. Sophie wollte kurz auflachen, beherrschte sich ob ihrer guten Kinderstube dann aber doch. Die Post ging da unten wirklich nicht ab. Mit Turnübungen, pantomimischer Kunst und Grimassen versuchten der Dicke, der Doofe, der Sadist und der Masochist sich die Zeit zu vertreiben, sonst weideten sie sich neben der Trauerweide lediglich weidlich an ihrer Trauer. Irgendwann schlug der Dicke daher vor, sich aufzuhängen. Das ging dem Doofen wiederum zu weit.

„Komm, wir umarmen uns", schlug er vor. Das wollte der andere aber nicht. Er seufzte: „Wie lange müssen wir diese Tragödie noch durchleben?"

Nun mischte sich auch Varga aktiv ins Bühnengeschehen ein.

„Keine Sekunde länger! In dreißig Minuten startet der große Preis von Las Vegas", ließ er die Schauspieler aus seiner Loge wissen und zwängte sich an den leichenblassen Sitznachbarn vorbei.

„Unter der Trauerweide ist noch ein Plätzchen für euch frei!", warf er ihnen zum Abschluss zu, was diese mit einem tragisch-vorwurfsvollen Blick erwiderten. Die Frage „Wozu das Ganze" blieb an jenem Abend unbeantwortet.

„Was habe ich auch erwartet!", ärgerte sich Sophie beim Verlassen des Theaters. „Ein Mann, der die Qualität von Filmen anhand der Anzahl von Explosionen beurteilt, ist mit etwas Anspruchsvollerem natürlich überfordert. Quod erat demonstrandum! Musstest du mich wirklich vor dem ganzen Theater blamieren? Wegen dir bekomm ich in der Josefstadt nun vielleicht Hausverbot!"

„Wäre es dir lieber gewesen, wenn ich mich mit dem Dicken aufhänge? Ich war ohnehin knapp davor!"

Sophie seufzte. Varga war ein eingefleischter Fast & Furious-Fan und hatte sich im letzten Monat tatsächlich die Mühe gemacht, sämtliche Havarien der mittlerweile zehn Sequels umfassenden Serie minutiös zu dokumentieren. Auf genau dreihundertzehn Crashs war er insgesamt gekommen. Der Doofe aus dem Godot-Stück schaffte es dagegen nicht einmal, sich die Schuhe auszuziehen. Das passte nicht zusammen. Franz war eben Franz. Dass eine so feinfühlige Frau wie sie ihr Herz an einen Kunstbanausen wie ihn verschleudert hatte, war ihr auch nach achtzehn Jahren Ehe ein Rätsel.

Plötzlich läutete das Telefon.

„Er hat es wieder getan!", weinte eine völlig aufgelöste Isabella ins Telefon.

„Wer hat was getan?"

„Na, betrogen hat er mich!"

„Wer?"

„Na, Carlos! Wer denn sonst?! Als ich ihn wegen den WhatsApp-Nachrichten zur Rede gestellt habe, hat er gemeint, dass ICH schuld sei. ‚Es liegt an deiner pathologischen Eifersucht', hat er gemeint, und alles wäre gut, wenn ich mehr Vertrauen in ihn hätte."

Sophie rollte mit den Augen.

„Glaube mir, er wird es nie lernen. Das wievielte Mal ist es diesmal?"

„Das zwölfte Mal!", antwortete Isabella mit tränenerstickter Stimme.

„Naja, dann ist es ja Zeit für den Film „Das dreckige Dutzend", kommentierte Varga. Über die Autofreisprechanlage hatte er jedes Wort mitangehört.

„Puhhhhh, der Franz ist so unsensibel. Wie hältst du es nur mit so einem aus! Vielleicht hat der Carlos ja auch recht! Die Eifersucht ist ein Hund!"

„Ich fasse kurz zusammen", seufzte Sophie, „der Typ hat seinen Job hingeschmissen, liegt dir auf der Tasche, betrügt dich nach Strich und Faden, und du entschuldigst sein Verhalten damit, dass du zu sehr klammerst, korrekt?"

„Warum kommst du mir immer mit irgendwelchen Fakten! Wer will die denn hören?! Wir haben eine kosmische Verbindung!"

„Eine komische Verbindung", kommentierte Varga erneut via Freisprechanlage.

„Ihr seid beide so grausam! Ich öffne euch mein Herz, und ihr stoßt mir ein Messer hinein!"

Erneut seufzte Sophie.

„Also, was willst du hören? Diesmal wird alles anders? Was ich nicht weiß, macht mich nicht heiß?"

„Warum kannst du nicht einfach sagen, dass alles gut wird?", heulte Isabella in den Hörer.

Sophie änderte nun ihre Telefonseelsorgetaktik.

„Schau mal", begann sie. Die Liebe ist ein Auf und Ab. Aber auch nach der dunkelsten Nacht geht die Sonne wieder auf. Was lange währt, wird gut."

„Das sagst du nicht, nur um mich zu trösten?"

„Ganz bestimmt nicht!"

Isabella beruhigte sich nun ein wenig.

„Du kannst dir ja gar nicht vorstellen, wie ich dich beneide! Du hast deine Kunst!", meinte sie.

„Und du bist bald diplomierte Lebensberaterin", entgegnete Sophie versöhnlich.

„Ich hoffe es. Als Beziehungscoach habe ich so viel zu geben!"

„Das hast du wirklich! Die Leute werden bei dir Schlange stehen."

„Du bist die Beste!"

„Nein, du!"

Die psychologische Krisenintervention war nun abgeschlossen. Die Vargas hatten ihr Zuhause erreicht, wo sich Sophie noch immer leicht verärgert in ihr hauseigenes Malatelier zurückzog. Franz hatte wieder einmal unter Beweis gestellt, dass er von Kunst absolut nichts verstand. Folglich überlegte sie, wie sie seinen Fauxpas im Theater zumindest künstlerisch kanalisieren könne. Was war der Grund, warum sie nach all den Jahren noch immer mit ihm verheiratet war?

Mit gerade einmal dreiundzwanzig Jahren hatte sie den damals schon leicht untersetzten MA7-Beamten bei einer Veranstaltung im Museumsquartier kennengelernt, und aus unerklärlichen Gründen war sie bei ihm hängen geblieben. Schuld daran waren sicherlich auch ihre Eltern gewesen. Eine glänzende Juristinnen-Karriere sowie gesellschaftliche Anerkennung hatte für diese stets die „Raison d'être" dargestellt. Insofern war es keine große Überraschung gewesen, dass Sophie als „aufstrebende Avantgarde-Künstlerin" diese irgendwann einmal zu torpedieren begonnen hatte.

Die Kunstperformance, bei der sie Franz kennengelernt hatte, war damals nur ein weiterer Akt der Rebellion gewesen. Vor den Augen des Publikums hatte sie sich nackt durch klebrige Brühe gerollt, mit künstlichen Federn beklebt und vor dem Publikum getanzt. Die hochdramatische Darbietung sollte die Metamorphose eines unbedarften Kükens in ein selbstbewusstes Huhn darstellen und hatte ihre Eltern, wie erhofft, entsetzt. Franz, der zufällig unter den Gästen gewesen war, hatte nach Sophies höchstpersönlichen Maßstäben jedoch angemessen auf die alle künstlerischen Fesseln sprengende Performance reagiert. Mit den Worten

„Ich wollt, ich wär' ein Huhn
Ich hätt' nicht viel zu tun
Ich legte vormittags ein Ei
Und abends wär' ich frei"

hatte er sie zum Lachen gebracht und mit dieser Infantilität im Sturm erobert. Ihrer Mutter hatte das jedoch keineswegs gefallen.

„Er kann dir nicht das Wasser reichen. Niemals wird er deinem Niveau entsprechen!", hatte Erna von der Graf – was für ein bescheuerter Name – ihrer Tochter bis zu ihrer Hochzeit zugeflüstert. Umsonst!

„Ich werde ihn ändern", hatte Sophie bis zum bitteren Ende – der Hochzeit – trotzig erwidert und in Franz tatsächlich ihr persönliches Lebensprojekt gefunden. Nach achtzehn Jahren Ehe war alles wie gehabt. Franz' Kunstverständnis endete bei Asterix & Obelix, während Sophie versuchte, Philosophie, modernste Elemente des Action Paintings und des Dadaismus zu einem Gesamtkunstwerk zu vereinen.

Auch nach der Vorstellung von *„Warten auf Godot"* war diese Obsession förmlich spürbar. Sophie zog sich in ihr Atelier zurück und durchforstete auf der verzweifelten Suche nach Inspiration Kunstbücher wie „Avantgarde im postmodernen Kontext", „Denken, wenn bereits alles erdacht wurde" oder die „Die Rolle des Zufalls in der zeitgenössischen Kunst". Da die Inspiration auf sich warten ließ, probierte sie es schließlich mit einem „Muse, erbarme dich"-Stoßgebet.

Fast zwanzig Minuten vergingen, bis ihr Blick aus unerklärlichen Gründen auf ein blassrotes Ei auf dem Atelierfenster fiel. Es hatte dieselbe Farbe wie die Schamesröte, die sie nach Franz' Auftritt im Theater verspürt hatte und erinnerte sie an die Huhn-Performance im Museumsquartier vor mittlerweile neunzehn Jahren. Wenige Momente später war Sophie überzeugt, dass die gesamte menschliche Existenz auf die Begriffe Tun, Farbe und Zufall zurückzuführen wären.

„Tanz als Huhn – Tun
Bunte Farben – Lebensnarben
Berg oder Tal – purer Zufall"

ging es ihr durch den Kopf, und es folgten freie Assoziationen zu ihrem Leben. Rosarot hatte sie anfangs ihre Beziehung mit Franz gesehen, obwohl er ihr nie das Blaue vom Himmel versprochen hatte. Grün und blau ärgerte sie sich bisweilen über ihn, sah oft rot, und manchmal sogar schwarz für Ihre Beziehung. Wie bereits erwähnt hatte Sophie eine ausgeprägte Vorliebe für Dadaismus, Linguistik und nicht lineares Denken. Böse Zungen meinten, sie hätte einfach nicht alle Tassen im Schrank.

Insgesamt neun Farbtöne fanden noch am selben Abend den Weg auf die Leinwand. Mit Hilfe einfacher Spritzguss-spritzen pumpte die Avantgarde-Künstlerin Farben in zuvor ausgehöhlte Hühnereier und schleuderte diese mit einer Gummischleuder auf die Leinwand. Nur das verliebte Rosa-rot verfehlte sein Ziel und verewigte sich auf der Atelier-wand dahinter. Im Großen und Ganzen war Sophie aber hochzufrieden. Die von Eierschalen durchbrochene Farb-melange bildete eine akkurate, farbenfrohe Abbildung der *Conditio Humana*. Das befand jedenfalls die Künstlerin.

Franz kümmerte Sophies neues Opus Magnus indes wenig. Unmittelbar nach ihrer beider Rückkehr hatte er es sich auf der Wohnzimmercouch gemütlich gemacht und schaute sich den Formel I Grand Prix von Las Vegas an. Zwanzig Bo-liden fuhren dort mit 340 Sachen fünfzig Mal im Kreis herum.

„Vroom", machte es jedes Mal, wenn die Schnellsten der Schnellen die Start- und Ziellinie passierten, und dieses „Vroom" beruhigte Franz. Mit einem gemütlichem „Prost" stieß er für gewöhnlich auf jede weitere Runde an. Wirklich entspannen konnte er an jenem Abend dennoch nicht.

Der Godot in der Josefstadt war „fürs Klo" gewesen. Vor allem der nächste Tag würde es aber in sich haben. Sophie hatte er versprochen, noch am Vormittag seinen Lebenslauf zu aktualisieren, und mit Manfred hatte er vereinbart, am Nachmittag einen Wanderausflug zu machen. Beide Versprechungen lagen ihm schwer im Magen. Vor allem Sophies Drängen, "seine Komfortzone zu verlassen und endlich an seiner Karriere zu arbeiten", war ihm ein Dorn im Auge. An welcher Karriere sollte er denn groß arbeiten? Woher kam dieser Drang, immer etwas verändern zu wollen? Im Prinzip war doch alles gut, wie es war.

Vor mittlerweile einundzwanzig Jahren war er als Lehrling bei der Magistratsabteilung 7, der Kulturabteilung der Stadt Wien, eingetreten. Dort hatte er vom ersten Tag an mit großem Einsatz Akten geschlichtet und Dokumente kopiert. Alle waren mit ihm zufrieden gewesen, und so war ihm nach einem Jahr erstmals gestattet worden, seinem Chef höchstpersönlich Dokumente zur Unterschrift vorzulegen. Auch das war eine Erfolgsgeschichte gewesen, und so hatte man Varga bald darauf auf Kulturveranstaltungen geschickt, wo er die MA7 repräsentierte. Nach fünf Jahren pragmatisierte man den pflegeleichten, stets bescheidenen und in sich ruhenden High-Potential sogar. Sein damaliger Chef argumentierte, dass ein Kapazunder wie Varga sonst in die gefürchtete Privatwirtschaft abwandern würde und übertrug ihm überdies, als Anerkennung seiner bisherigen Leistungen, die Leitung der Kultursponsoringabteilung. Ein Jahr später bereute man diese Entscheidung jedoch. Franz Varga hatte mit der Pragmatisierung sein berufliches Lebensziel erreicht und legte von diesem Zeitpunkt an einen karrieretechnischen Sturzflug hin, der seinesgleichen suchte. Eine nicht unwesentliche Rolle spielte dabei seine eigenwillige Förderpolitik. So genehmigte er ganze achtzig Prozent des Wiener Kulturbudgets für Sophies avantgardistische Tanztruppe. Diese schätzte das zwar sehr, in der MA7 sorgte die Entscheidung jedoch für Unmut. Man fragte sich, ob es Varga nach dem Hühnertanz seiner mittlerweile Angetrauten ebenfalls den Vogel rausgeschossen hätte, entband ihn seiner budgetären Verantwortlichkeit und verbannte ihn in ein kleines Büro am hintersten Ende des MA7-Gebäudes. Als großes Malheur empfand er diese Strafversetzung dennoch nicht. So oder so musste er 38,5 Stunden pro Woche hinter dem Schreibtisch verbringen. So oder so hatte er fünf Wochen Urlaub pro Jahr. So oder so bekam er seinen bescheidenen Lohn. So oder so hatten Sophie und er ein nettes Dach über dem Kopf. Varga war wunschlos glücklich, verständlicherweise beflügelte diese Zufriedenheit aber nicht wirklich seine Karriere. Achtzehn Jahre später saß er noch immer im selben kleinen Büro und wartete gut gelaunt auf den Dienstschluss.

Nun war dieses beschauliche Leben erstmals gefährdet. Sophie stieß sich zunehmend an seiner unerschütterlichen Zufriedenheit – die Gehirnwäsche ihrer Eltern hatte doch Spuren hinterlassen – und machte ihm klar, dass das wahre

Glück außerhalb der eigenen Komfortzone auf einen warte. Franz erschloss sich diese Logik ganz und gar nicht.

„Steh endlich auf!", weckte sie Franz am nächsten Tag unsanft auf der Wohnzimmercouch. „Du hast mir gestern hoch und heilig versprochen, endlich deinen Lebenslauf aufzupimpen."

„Ich mach das nächste Woche", entgegnete Franz gähnend. „Heute steht ohnehin diese Hochalpintour an. Manfred holt mich um zwölf ab."

„Ist das dein Ernst! Die Sophienalpe ist gerade einmal vierhundertachtzig Meter hoch. Meine Mutter ist sie letzte Woche in alten Badeschlapfen hinaufgegangen."

„Was kann ich dafür, dass deine Mutter Extremsportlerin ist!"

Sophie seufzte.

„Schreibst du nun deinen Lebenslauf um oder nicht?"

„Ist das notwendig? Wie hoch soll ich denn noch hinaus? Außerdem hat mein Chef ohnehin Angst, dass ich ihm seinen Job wegnehme!", entgegnete er.

Sophie ließ aber nicht locker.

„Es geht nicht um deinen Chef, es geht um dich selbst! Wie kann man das Leben nur dermaßen an sich vorbeiziehen lassen!"

Lebhaft gestikulierte sie mit ihren Armen, bewirkte aber nur wenig Gegenreaktion.

„Also gut. Ich werde morgen mit dem Fürst reden", lenkte Franz schließlich ein.

„Und was willst du ihm sagen?"

„Na, dass ich mein Licht nicht länger unter den Scheffel stelle und in Zukunft auch ‚nein' sage!"

„Und was ist mit deinem Lebenslauf?"

„Nicht nötig. Mein Chef kann sich auch so warm anziehen!"

„Dein Wort in Gottes Ohren!"

Varga war nun zufrieden. Er hatte etwas Zeit gewonnen und wartete auf der Wohnzimmercouch gemütlich auf Manfred. Sophie zog sich wiederum in ihr Atelier zurück und machte letzte Korrekturen an ihrem gestrigen Opus Magnus. Viel Zeit hatte sie dafür ohnehin nicht. Isabella hatte sie schon früh am Morgen angerufen und sich für Mittag angekündigt.

„Ich habe großartige Nachrichten", hatte sie aufgekratzt erzählt, und tatsächlich stand sie um Punkt eins bei den Vargas vor der Tür.

„Frag mich, was passiert ist!", stieß Isabella hervor und fiel Sophie überschwänglich um den Hals.

„Ich weiß es nicht", antwortete diese.

„Rate!"

„Du hast die Lebensberaterprüfung bestanden?"

„Nein, viel großartiger!"

„Also … ich weiß es nicht."

„Er hat mich gefragt!!"

„Wer hat was gefragt?"

„Na Carlos! Er hat heute Morgen um meine Hand angehalten! Er wird sich ändern, und ich bin die Einzige, die er jemals geliebt hat, hat er mir geschworen. Ich war noch nie im Leben so glücklich."

„Aber war nicht gestern endgültig Schluss?", erwiderte Sophie überrascht.

„Alles ein Missverständnis und aufgeklärt", winkte Isabella ab. „Die WhatsApp-Message war ein Spam, die ihm irgendeine Tussi geschickt hat. Ich hab dir ja gesagt, dass Telegram viel sicherer ist!"

„Bist du ganz sicher? Ich meine, da gab es vorher doch schon diese Kellnerin, dann diese Stripperin, diese Fernsehmoderatorin ..."

„Weißt du, was ich partout an dir nicht ausstehen kann?", unterbrach sie Isabella jedoch abrupt.

„Aber ..."

„Deinen Neid! Jedes Mal, wenn ich glücklich bin, machst du mir alles madig. Wahrscheinlich stehst du selbst auf Carlos!"

„Also da brauchst du dir wirklich keine Sorgen machen!", protestierte Sophie.

„Willst du damit sagen, dass er nicht attraktiv ist?" ärgerte sich die Lebensberaterin in spe nun aber umso mehr.

„Ich hab doch den Franz ..."

„Hah, wusst' ich's doch. Du BIST eifersüchtig!"

„Nein, bin ich nicht!"

„Bist du doch!"

So ging es hin und her, bis sich Isabella schließlich wütend verabschiedete.

„Schließ zumindest einen Ehevertrag ab", konnte ihr Sophie gerade noch hinterherrufen, was Isabella mit einem „Wahre Liebe braucht kein Auffangnetz!" konterte.

Nach der unerfreulichen Streitdiskussion zog sich die Künstlerin erneut in ihr Atelier zurück. Dort beschäftigte sie sich intensiv mit der Frage, warum Menschen stets das glauben, was sie glauben wollen, und stieß dabei auf ein seltsames Buch mit dem Titel „Der Mythos des Sisyphos". Albert Camus, der Autor des Buches, behauptete in diesem, dass unser aller Leben dem eines mächtigen griechischen Herrschers namens Sisyphos ähnelt. Dieser war von den Göttern verurteilt worden, einen Stein auf einen mächtigen Berg hinaufzurollen und ihn auf der Bergspitze abzulegen. Die Tragik dabei: Kurz vor dem Erreichen des Gipfels verlor Sisyphos stets die Kontrolle über den Stein, und dieser rollte auf der anderen Seite des Berges hinunter. Ohne Hoffnung auf göttliche Gnade war es Sisyphos dennoch aufgetragen, diese Aufgabe bis in alle Ewigkeit durchzuführen. Nie konnte Sisyphos jedoch seinen Stein ablegen. Die Götter blieben gnadenlos.

„Absurd!", dachte Sophie, als sie das erste Kapitel des Buches fertiggelesen hatte. Noch absurder fand sie jedoch den Ratschlag, den der Autor für Sisyphos parat hatte. Er

meinte, dass man die sinnlose Plackerei mit Freude annehmen müsse und das Unglück des Menschen in Wahrheit
nicht in der Sinnlosigkeit läge, sondern in der vergeblichen
Suche nach Sinn.

Franz beschäftigte die Frage, was Sisyphos anders machen
könne, indes wenig. Kurz vor zwölf Uhr hatte ihn Manfred
von zu Hause abgeholt und ihn am Weg zur Sophienalpe
mit seiner üblichen Litanei über Gott und die Welt
bequatscht. Die Politiker von heute hätten alle kein Profil
mehr, hatte er gemeint, und mit der europäischen Wirtschaft, nein, der ganzen Weltwirtschaft, würde es auch
bald ein böses Ende nehmen. Die Börse würde abstürzen,
das Weltklima würde sowieso kippen, und auch mit dem
Frieden hätte es bald ein Ende. Der Islamismus, der Faschis-
mus aber auch der Laissez-Faire-Pazifismus wären ebenfalls eine Gefahr, und dann hatte er auf eine neue Doku-
mentation verwiesen, die minutiös alle politischen und
wirtschaftlichen Gefahren aufgelistet hatte.
Franz hatte Manfreds apokalyptische Prophezeiungen wie
üblich stumm abgenickt. Von den Gesetzen der Wirtschaft,
der internationalen Politik und vom Klimawandel verstand
er weniger als Donald Trump, und so setzte er den Ausführungen seines Wanderfreunds nur ein „Kratzen werde ich
mich erst dann, wenn es juckt" entgegen.
Das brachte Hobby-Apokalyptiker Manfred in der Regel
noch mehr auf die Palme.

„Wie kann man nur so ignorant durchs Leben rennen?",
echauffierte er sich, was Franz mit einem „Ziemlich gut!"
erwiderte.

Wirklich gute Laune hatte er an jenem Sonntag dennoch
nicht. Die Wiener Bergtour war sowohl sinnlos als auch anstrengend. Noch mehr ärgerte er sich darüber, dass er Sophie versprochen hatte, schon nächste Woche mit seinem
Chef Karrierepläne zu wälzen. Beides war an Absurdität
nicht zu überbieten.

„Oh weh, oh weh", jammerte er, als er um etwa fünf Uhr
von der Sophienalpe zurückkehrte und seine geschundenen Füße in warmem Wasser badete.

„Ich darf dich nochmals daran erinnern, dass meine Mutter
denselben Weg mit Badeschlapfen gegangen ist!" erwiderte Sophie jedoch ungerührt. „Arbeite besser an deinem
Mindset! Morgen steht doch dein Gespräch mit dem Fürst
an, oder?"

„Ich hoffe, dass ich dafür die Kraft habe. Manfred hat mich
an den Rand der Erschöpfung getrieben", erwiderte der
Gepeinigte und sah sich dann eine Zusammenfassung der
Rennsportereignisse der Vorwoche an.

„Prokrastination, Verweichlichung und kulturelle Verfla-
chung in der Spätphase des Kapitalismus", resümierte Sophie, schüttelte den Kopf und zog sich dann ein drittes und
letztes Mal an diesem Tag in ihr Atelier zurück. Anti-Muse
Franz hatte ihr an diesem Sontag wieder einmal großartigen Stoff geliefert.

Vargas Einzelgespräch mit Fürst fand am Tag darauf tatsächlich statt – allerdings unter umgekehrten Vorzeichen.

„Kommen Sie doch mal in mein Büro, mein Bester", meinte er zum mittlerweile Dienstältesten der MA7. Der Ton versprach nichts Gutes.

„Varga, kennen Sie den Begriff *Lebenslanges Lernen*?"

Franz nickte eifrig.

„Auch den Begriff *„die Komfortzone verlassen"*?

„Oh ja."

Fürst ließ dennoch nicht locker.

„Sind Sie mit ihren Leistungen in letzter Zeit eigentlich zufrieden?", legte er dann unerbittlich nach.

Franz überlegte angestrengt.

„Also im Prinzip schon."

„Hah, sehen Sie: darum geht es! Man kann nicht einfach zufrieden sein! Es geht darum, immer besser zu werden! Verstehen Sie? Besser!"

Varga schaute ungläubig.

„Nicht wirklich", erwiderte er.

Fürst seufzte.

„Schauen Sie – man kann vielleicht das Ziel haben, irgendwann zufrieden zu sein. Man darf es aber nie sein!"

„Warum?"

„Teufelszeug! Man muss in Bewegung bleiben!"

„Warum?"

„Weil die Welt nun mal so ist!"

„Also, man soll raus aus der Komfortzone, aber nie ans Ziel kommen?"

Erneut seufzte Fürst.

„Warum klingt bei Ihnen alles so absurd? Warum fragen Sie immer ‚Warum'?"

„Warum nicht?", entgegnete Franz.

Fürst wurde nun ungeduldig.

„Hören Sie!", legte er nach. „Ist Ihnen bewusst, dass Sie in achtzehn Jahren keine einzige außerordentliche Lohnerhöhung erhalten haben?"

„Ach, darauf wollen Sie raus!", meinte Varga nun erleichtert. „Also gut: Ich will!"

„Was wollen Sie?"

„Na, die Gehaltserhöhung! Ich bin einverstanden."

Erneut seufzte Fürst.

„Varga, Sie führen seit vier Jahren eine Abteilung, die keinen einzigen Mitarbeiter hat! Sie hatten in dieser auch noch nie Parteiverkehr. Gibt Ihnen das nicht zu denken?"

„Vielleicht ist nicht alles ideal! Mit einem anständigen Marketingbudget wäre aber sicherlich vieles möglich ..."

„Lassen Sie es mich anders formulieren. Obwohl wir diese Abteilung extra für Sie gegründet haben, müssen wir mit Bedauern feststellen, dass sich der gewünschte Erfolg leider nicht eingestellt hat. Daher meine Frage: Haben Sie vielleicht außerhalb der MA7 Ambitionen – vielleicht sogar in der Privatwirtschaft ...?"

Varga überlegte. Dann schüttelte er entschieden den Kopf.

„Nein, man kann nicht gleich bei der ersten Durststrecke das Handtuch werfen. Vielleicht beantragt eines Tages doch irgendjemand …"

„… Fördergelder für die Wiederbelebung des keltischen Brauchtums in Wien Favoriten??!!", schrie Fürst nun lautstark durch das Büro. „Das glauben Sie doch selbst nicht, oder?!"

„Man kann nie wissen", entgegnete Varga.

Fürst hatte nun sein Pulver verschossen.

„Also keine Gehaltserhöhung heute?", meinte Franz schließlich leise.

„Nein, keine Gehaltserhöhung! Und jetzt gehen Sie auf Ihren Platz zurück! Und dann machen Sie das, was Sie jeden Tag machen – nämlich nichts!", sagte Fürst zum Abschluss.

„Geht klar, Chef!", antwortete Varga und salutierte ab. Sophie würde er am Abend schon irgendwie verklickern, dass das Gespräch ein voller Erfolg gewesen war.

Tatsächlich dachte seine Frau indes nur wenig über Franz' berufliche Ambitionen nach. Sie hatte Stress mit ihrem mittlerweile getrockneten Werk „Conditio Humana á la Varga". Nach der ersten Euphorie war es für sie kein Magnus Opus mehr, sondern eine unausgegorene Mischung aus Farbklecksern, Zufall und Dilettantismus. Sophie war verzweifelt. Die künstlerische Gewissheit von gestern war nun einer tiefen Verunsicherung gewichen. Von Selbstzweifeln geplagt hinterfragte sie alles, was sie bisher geschaffen hatte, und stellte auch ihre künstlerische Zukunft in Frage. Ironischerweise riss sie ausgerechnet Isabella aus ihrer Lethargie. Diese berichtete erneut von dunklen Wolken am Carlos'schen Liebeshimmel.

„Er hat es wieder getan!", schluchzte sie ins Telefon. „Irgendeine Tussi hat ihm heute Vormittag geschrieben, dass sie das Wochenende vor zwei Wochen ‚unendlich genossen hat'. Diesmal hat er sich nicht einmal die Mühe gemacht, etwas abzustreiten!"

„Aber wolltet Ihr nicht gestern noch heiraten?", fragte Sophie unsicher, verstand angesichts ihrer eigenen Selbstzweifel nun aber auch Isabella besser.

„Hast du noch nie ein Bild gemalt, das du großartig fandest, und am nächsten Tag konntest du es nicht ausstehen?"

Sophie schwieg.

„Bist du noch da?"

„Ja, bin ich. Bitte entschuldige. Hast du vielleicht Lust, mich heute Abend ins Theater zu begleiten? Ich habe noch zwei Theaterkarten für ‚Warten auf Godot'".

„Du meinst dieses absurde Stück, wo sie ewig auf irgendjemanden warten?"

„Ja, genau dieses", lächelte Sophie. „Halb acht in der Josefstadt?"

„Sehr gerne", antwortete Isabella.

Wenige Stunden später ließen sich die beiden Freundinnen in derselben Theaterloge wie zwei Tage zuvor nieder.

Erneut wartete man hoffnungsfroh auf Godots Ankunft, erneut teilte man sich die Loge mit zwei Existenzialisten, die ein Buch mit dem Titel „Wozu das Ganze" mitgebracht hatten und Sophie einen tragisch-vorwurfsvollen Blick zuwarfen. Erneut erhob sich pünktlich auf die Minute der Bühnenvorhang. Erneut betraten ein Dicker und ein Doofer die Bühne und hatten sich unter der traurigen Trauerweide absolut nichts zu sagen. Grandios langweilig zog sich das Stück auch diesmal wie ein Strudelteig. Im Unterschied zu Franz wusste Isabella über das Dargebotene aber überraschend viel zu erzählen.

„Wusstest du, dass Beckett sich hartnäckig weigerte, dem Publikum eine Interpretation für diese Posse zu liefern?", flüsterte sie Sophie zu. Einig ist man sich nur, dass das Stück die ‚Conditio Humana' in all seinen Facetten schildert. Alle Figuren sind dazu verurteilt, ihre Rolle bis zum bitteren Ende zu spielen. Sie verbinden sich flüchtig. Letztendlich rollen sie aber einsam ihren höchstpersönlichen Stein auf einen imaginären Gipfel. Camus meinte, dass die Tragik des Menschen darin besteht, dass er die Absurdität des Lebens zwar erkennt, sie gleichzeitig aber nicht akzeptieren kann. Carlos ist so ein Schwein. Warum wird Liebe nie im selben Maß erwidert, wie man sie selbst schenkt?", schluchzte sie plötzlich, während Sophie an ihre Kunst dachte. Auch sie empfand ihr künstlerisches Streben plötzlich als zutiefst sinnlos. Dennoch versuchte sie, dem, was auf der Bühne geboten wurde, ihre volle Aufmerksamkeit zu schenken.

Am Stück selbst hatte sich seit Samstag nichts geändert. Erneut sprachen der Dicke und der Doofe über ihre Schuhe, bis schließlich der sadistische Geschäftsmann und der masochistische Diener auftraten.

„Lucky!", meinte der Geschäftsmann schroff. „Packen Sie das Gepäck auf und ab! Aber schnell!" und dieser tat, wie ihm befohlen.

„Warum tut er das?", fragte der Dicke.

„So vergeht die Zeit schneller", entgegnete der Antreiber. „Er hat zu tun, und ich habe durch ihn zu tun."

„Und wann kommt Godot?"

„Ich weiß es nicht."

Franz hatte es sich indes zuhause auf der Couch gemütlich gemacht und reflektierte nochmals sein Gespräch mit Fürst.

„Überlegen Sie sich, ob die Privatwirtschaft nicht doch etwas für sie wäre", hatte ihm dieser am Ende des Gesprächs nochmals ans Herz gelegt. Franz hatte zu diesem Zeitpunkt bereits gewusst, dass er sich am selben Abend um Punkt acht Uhr den Start des 24-Stunden Rennen von Le Mans ansehen würde.

Sechzig Rennautos nahmen dieses Jahr am berühmtesten Nonstop-Rennen der Welt teil und legten dabei mehr als fünftausend Kilometer zurück. Franz liebte das Rennen, weil es ihn an das Leben erinnerte – Die Startlinie war zugleich die Ziellinie. Mit rasender Geschwindigkeit fuhren

die Boliden bis zu vierhundertsiebzig Mal im Kreis herum –
in der Hoffnung, dass die nächste Runde schneller als die
zuvor sein würde. Das war amüsant und unendlich beruhi-
gend zugleich. Dennoch reichte es an diesem Abend nicht
für seinen Seelenfrieden.

„Den Clown zu spielen ist nicht immer leicht", seufzte er,
nachdem er es sich auf der Couch bequem gemacht und
auf die erste absolvierte Runde angestoßen hatte. Die „Warum"-Frage, die er Fürst nur deshalb gestellt hatte, um ihn
aus der Fassung zu bringen, ließ ihn an diesen Abend erstmals nicht mehr los. Selbstverständlich würde er niemals
kündigen, und Fürst hatte auch nichts in der Hand, um ihn
loszuwerden. Da konnte er sich noch so sehr anstrengen.
Ob ein Leben aus der Beobachterperspektive aber ausreichend wäre, um ihn glücklich in den Ruhestand zu tragen,
wusste er plötzlich nicht mehr zu sagen. Und so wurde ihm
schließlich Folgendes bewusst:
Wenn es im Leben keine absolute Wahrheit, keine absolute
Gewissheit und kein absolutes Ziel gibt, so ist gleichzeitig
jeder aufrichtige Gedanke und jede aufrichtige Tat von un-
endlicher Bedeutung. Ob Isabella jemals so geliebt werden
würde, wie sie selbst liebte, ob Manfred mit seinen Vorträ-
gen über Wirtschaft und Politik jemals auf Gehör stoßen
würde und Sophie jemals eine große Künstlerin werden
würde, war mehr als fraglich. Sie versuchten es zumindest
– und das verdiente Respekt und liebevolle Anerkennung.

Ironie mag einem helfen, mit den Widrigkeiten des Lebens zurechtzukommen. Für ein ganzes Leben ist sie aber eine schlechte Krücke. Dieser und ähnliche Gedanken gingen Franz an jenem Montagabend durch den Kopf, und irgendwann begann er diese in Form einer kleinen Geschichte zu Papier zu bringen. Letztlich umfasste sie fünfundzwanzig Seiten, und er las sie Sophie nach ihrer Rückkehr aus dem Theater vor.

„Der Vorhang öffnete sich. Zwei Männer betraten die Bühne. Der eine war dick, der andere doof. Glücklich wirkten beide nicht."

begann die Geschichte. *Und als er* die letzte Zeile vorgelesen hatte, küsste er seine erstaunte Frau. Franz Varga hatte soeben seinen höchstpersönlichen Stein ins Rollen gebracht.

Anspieltipp:
Watching the wheels (1980)
John Lennon

...währenddessen auf dem
politischen Parkett.........

Weinmann wählt

Das Casting-Team hatte wirklich nichts unversucht gelassen, um für die Fernsehdebatte „Superwahljahr 2024 – Die Qual der Wahl" hochkarätige Teilnehmer zu finden. Niveauvoll, aber nicht langweilig, bunt gemischt, aber nicht willkürlich zusammengewürfelt sollte die Diskussionsrunde sein, und so hatte man sich letztlich für einen Vorzeigephilosophen, eine ehemalige Politikerin sowie drei typische Vertreter des Volkes entschieden. Diese sollten hart, aber fair ihre Meinung vertreten und dem Publikum klarmachen, dass es dieses Jahr wirklich um die Wurst ging. 2024 war nicht nur ein „Superwahljahr". Es war auch ein „Schicksalswahljahr".

Denk, seines Zeichens international anerkannter Kant-Experte und Herausgeber der Monatszeitschrift „Philosophie heute", durfte an jenem Sonntag das allererste Mal auf einer Fernsehcouch Platz nehmen. Für ihn war das eine gewaltige Chance. Zwar verfolgten mit durchschnittlich 400.000 Zuschauern nur vier Prozent der österreichischen

Bevölkerung den TV-Dauerbrenner „Ungefiltert", doch waren das unendlich mehr Zuschauer als Leser seines letzten Buches. Ganze sechs Jahre hatte er an seinem Epos „Der Stellenwert der Vernunft im 21. Jahrhundert im Spiegel Immanuel Kants" geschrieben und dafür einen mit zehntausend Euro dotierten Bildungspreis erhalten. Gelesen hatten den 1.200-Seiten-Schinken aber nur 587 Leser, da das Ding so schwer war wie ein Ziegelstein und niemand, der einen E-Reader hatte, mit dem vor 300 Jahren geborenen Philosophen etwas anfangen konnte.

Die Rolle der Expolitikerin übernahm, wie so oft, Liselotte Spielmann – ihres Zeichen ehemalige Vorsitzende der Naturfreunde-Partei und mittlerweile erfolgreiche Unternehmerin. Spielmann hatte ihre Partei vor mittlerweile zwölf Jahren in die politische Champions League gebombt, bald aber feststellen müssen, dass der Job kein Honiglecken war. Hoffnungslos basisdemokratisch wurde alles so lange zerredet, bis man das eigentliche Problem vergessen hatte. Irgendwann war Schluss mit lustig. Nachdem ihr ein netter Mann aus der Glücksspielbranche einen lukrativen Job als Sustainability-Managerin und Lobbyistin angeboten hatte, zog sie die Reißleine, räumte ihren Parlamentssitz und vertrat fortan selbstlos die Interessen der Glücksspielbranche. Ewige Miesmacher und Neider nannten das einen moralischen Ausverkauf. Nichtsdestotrotz durfte die telegene Dame auch Jahre nach ihrem Polit-Aus regelmäßig TV-

Diskussionen wie „Nichts als die Wahrheit" oder „Ungefiltert" besuchen.

Aber auch die Vertreter des Volkes konnten sich sehen lassen. So verkörperte eine blutjunge, mit Rehaugen gesegnete Woke-Aktivistin, die auf den klangvollen Namen Sonja Waldvogel hörte, die Hoffnung einer gendergerechten CO_2-Neutralität. Fünfzehn erfolgreiche Straßenklebeaktionen, zwölf Intersex-Toiletten-Einweihungen und sechzig detaillierte YouTube-Diversitäts-Videos hatten in den letzten beiden Jahren Eingang in den Lebenslauf der Dreiundzwanzigjährigen gefunden. Als Beamtin der MA 62, der Wiener Magistratsabteilung für Meldewesen, klärte sie Passantragsteller mit einer Engelsgeduld darüber auf, dass sie mittlerweile zwischen sechs Geschlechtereinträgen wählen könnten. Dieses Engagement hatte letztlich Schule gemacht. Waldvogels Diversitätsbeispiel folgend erkannte die MA46, das Amt für Verkehrsorganisation, eines Tages das Potenzial liberaler Verkehrsplanung und entschied, Zebrastreifen in Zukunft nicht mehr schwarz-weiß, sondern regenbogenfarbig auf die Straßen Wiens zu pinseln. Waldvogel wurde so zur grauen Eminenz diverser Passpolitik und liberaler Verkehrsplanung.

Bei weitem nicht so sympathisch präsentierte sich der dritte Diskussionsteilnehmer. Christian Speer, ein etwa dreißigjähriger HTL-Absolvent sowie Angestellter einer Sicherheitsfirma, konnte mit Waldvogels Bekanntheitsgrad nicht annähernd mithalten, doch hatte die ORF-Casting-

Jury dessen volksnahes, fieses Auftreten beeindruckt. Einfach im Ausdruck verkörperte der resolute, durchtrainierte Mann im Slim Fit-Sakko alles, was Waldvogel und Spielmann abgrundtief ablehnten. Speer sah aus wie der geborene Edelrabauke. Als typischer Wähler der Finsterlingpartei kam ihm die Aufgabe zu, den Fernsehzuschauern schon bei der ersten Nahaufnahme zu signalisieren: „Mit mir ist nicht gut Kirschen essen."

Vierter und damit letzter Volksvertreter war schließlich der zweiundsechzigjährige Risikomanager Peter Weinmann. Mit seinem blauen Anzug, seiner dezenten Brille und seinem gemütlichen Wohlstandsbäuchlein stand er für die gute alte politische Mitte und verkörperte als Kultur- und Literaturliebhaber unendliche Kompromissbereitschaft und Diplomatie. Genau das hatte die ORF-Jury letztlich überzeugt.

Die Sendung selbst moderierte, wie gewohnt, eine adrette Blondine namens Sabine Mitterer, die auch an jenem Sonntagabend direkt in medias res ging.

„Politiker, Juristen und Verfassungsexperten sind sich einig, dass die Meinungsfreiheit eine Grundvoraussetzung für jede funktionierende Demokratie ist. Was ist aber, wenn sich ausgerechnet antidemokratische Parteien auf diese beziehen und dabei liberale Strukturen systematisch zurückdrängen? Ist in diesem Fall eine Einschränkung der Meinungsfreiheit legitim? Wo beginnt und endet die

Toleranz? Ist unsere Demokratie wirklich gefährdet?", begrüßte sie die Fernsehzuschauer mit einem herzerwärmenden Lächeln und übergab unmittelbar darauf an den Neo-Fernsehphilosophen Denk.

Dieser schluckte. Nach jahrzehntelangem Studium demokratischer Gesellschaften und der Veröffentlichung seines 1.200-seitigen Kant-Epos hatte er sich zerknirscht eingestehen müssen, dass es auf diese Frage keine eindeutige Antwort gab. Nun wurde er aufgefordert, in maximal fünf Sätzen alles klarzumachen.

„Ähh …", begann er. „Der Begriff ‚Toleranz' kommt ursprünglich vom lateinischen Wort ‚tolerare'. Es bedeutet ‚erdulden, ertragen'. Das Ertragen einer Sache ist aber per se ein temporärer Zustand. Er mündet bereits mittelfristig in einen Zustand gesellschaftlicher Akzeptanz oder eben Ablehnung. Somit ist Toleranz im Kantischen Sinn enden wollend und somit nicht einklagbar."

Die Moderatorin hörte nun auf zu lächeln. Die Antwort gefiel ihr ob ihrer Nüchternheit nicht. Nur Weinmann nickte wohlwollend. Seine Frau Verena hatte ihm vor einigen Jahren Kants „Kritik der reinen Vernunft" geschenkt. Gelesen hatte er den Schinken zwar nie, die in edlem Leder gebundene Sonderedition machte sich in der Hausbibliothek jedoch ausgezeichnet. Mehrfach war er von seinen Bekannten auf sie angesprochen worden. Da diese von Kant genauso wenig verstanden wie er, hatten Zitate wie „Habe Mut, dich deines eigenen Verstandes zu bedienen" aber stets gereicht, um philosophische Sonderpunkte zu sammeln. Den Rest konnte man getrost vergessen.

Finsterling Speer fand Denks Antwort ebenfalls nicht übel. Der kantige Slim Fit-Anzugträger warf jedoch ein, dass das ganze Toleranzgesülze letztlich nichts bringe, und verwies dann übergangslos auf die aktuelle politische Situation. Die Bundesregierung habe auf ganzer Linie versagt, meinte er und monierte, dass korrupte Scheindemokraten Österreich in den EU-Abgrund führen würden. Das saß. Mehr als zehntausend Speer-Follower, die vor ihrem Laptop saßen, schickten Bizeps-, Raketen- und rotweißrote Emojis über den Bildschirm. Das brachte wiederum Waldvogel auf die Palme.

Mit eindringlichen Worten warnte die MA62-Heldin vor Rabauken wie Speer und beschwor die Zuschauer, „Nein" zur Festung Österreich zu sagen und eine Brandmauer gegen die Finsterlingpartei zu errichten. Unendlich viel hätte man in den letzten Jahren mit bunten Zebrastreifen und Love Parades erreicht, und diese Errungenschaften müsste man nun mit einer „Zero Tolerance"-Politik verteidigen. Erneut flogen tausende Emojis über die Bildschirme. Diesmal aber waren es Regenbögen, rote Herzen und grüne Kleeblätter und wurden unerbittlich von grünen Kotz- und braunen Kacke-Emojis der Speer-Fraktion torpediert.

Denk hatte nun Sendepause. Gerne wäre er bei seiner Antwort noch auf antidemokratische Propagandamuster eingegangen, die Gustave le Bon 1895 in seinem

Standardwerk „Psychologie der Massen" thematisiert hatte. Speers und Waldvogels Anhänger hatten ihm aber die Show gestohlen, und auch im Fernsehstudio wussten sich beide weit besser als er Gehör zu verschaffen. So beklagte Speer eindringlich, dass bunte Regenbogenfarben keine Wirtschaftspolitik ersetzen würden und die woken Klimakleber nicht mal wüssten, welches Klo sie aufsuchen sollten. Das gefiel Waldvogel ganz und gar nicht.

Sie stellte in den Raum, dass Typen wie Speer von Wirtschaft so viel verstünden wie Al Capone vom Pazifismus, was dieser wiederum zum Anlass nahm, der MA62-Beamtin Kriegstreiberei und Verrat an Österreich vorzuwerfen. Diese hielt daraufhin ein buntes „Sag Ja zum Klimaschutz – Sag Nein zu Rechts"-Schild in die Kamera und kündigte an, dass sie sich bei der nächsten „Fridays For Future"-Demo die Zähne putzen wolle, um öffentlichkeitswirksam gegen die braune Gefahr zu protestieren.

Nun wurde es selbst der netten Moderatorin zu viel. Lächelnd und mit Nachdruck forderte sie mehr Sachlichkeit ein, die sie sich von Weinmann erhoffte. Das zweiundsechzigjährige Bollwerk der Mitte war bisher nicht zu Wort gekommen.

„Herr Weinmann", begann sie, „Immer öfter wird in den Raum gestellt, dass Europa sowohl wirtschaftlich als auch technologisch den Anschluss verliert. Was muss unser Kontinent Ihrer Meinung nach tun, um den globalen Playern weiterhin Paroli zu bieten?"

Weinmann war erleichtert. Zu den Themen Wirtschaftspolitik, Arbeitslosigkeit und geopolitische Verflechtungen hatte er in letzter Zeit dutzende Fachartikel gelesen. Auch bei den Themen Klimaschutz, Bildungsniveau, Digitalisierung und Gleichberechtigung war er nicht von gestern. So sprach er freundlich-unaufgeregt über die größten Herausforderungen unserer Zeit und belegte diese mit Zahlen. Den obligaten Mut zum Risiko und Europas Neigung zur Überregulierung erwähnte er, und er merkte am Nicken der netten Moderatorin, dass sie zufrieden war. Trotzdem machte sich im Fernsehstudio bald Unruhe breit. Speer wippte unruhig mit den Beinen, Waldvogel begann in der Nase zu bohren, und Spielmann blickte staatsmännisch zur Studiodecke. Weinmann hatte einfach das Charisma eines Winnie Puh, und seine leidenschaftslose Argumentation war so aufregend wie eine Waschmaschinengebrauchsanleitung. Spannende Fernsehdiskussionen und nüchterne Inhalte sind eben bedingt kompatibel, und so atmete das Publikum erleichtert auf, als Waldvogel und Speer endlich wieder Leben in die Bude brachten. Beide verzichteten auf trockene Argumente und lieferten eine gute Show. Hin und her ging es zwischen den beiden, und an den Echtzeit-Einschaltquoten erkannte das Castingteam, dass es mit den beiden einen echten Volltreffer gelandet hatte. So musste die freundliche Moderatorin am Ende nur noch darauf hinweisen, dass die kommende Wahl eine „Schicksalswahl" wäre und alle Österreicher (oder zumindest die vier

Prozent, welche die Sendung verfolgt hatten) nun eine solide Entscheidungsgrundlage für ihr Kreuzchen hätten.

Unmittelbar nach der Fernsehdebatte fiel das Resümee der Teilnehmer höchst unterschiedlich aus. So war Denk mit seinem ersten Auftritt als Fernsehphilosoph denkbar unzufrieden. Zweimal hatte er auf die postmoderne Tendenz, komplexe Inhalte sträflich zu simplifizieren, hingewiesen. Waldvogels „Sag Ja zum Klimaschutz"- und Speers „Rettet Österreich"-Schilder hatten ihm aber die Show gestohlen. Da Denk kein „Rettet die Vernunft"-Schild mitgebracht hatte, war seine Warnung sang- und klanglos untergegangen.

Auch Weinmann hatte gemischte Gefühle. Nachdenklich stieg er am Wiener Küniglberg in seinen weißen Tesla und fuhr umweltschonend in seine Altbauwohnung im achten Bezirk. Über die Themen Einkommensgerechtigkeit, Wohnungsnot und soziale Stabilität hätte er noch einiges zu sagen gehabt, doch waren diese von der netten Moderatorin kein einziges Mal zur Sprache gebracht worden.

Recht wenig reflektierten hingegen Waldvogel und Speer ihren ersten Fernsehauftritt. Vielmehr fragten sie sich, warum bei der Gegenpartei ausnahmslos Hopfen und Malz verloren war. Auch nach dem Ende der Sendung beschimpften sie sich leidenschaftlich und verlagerten ihren Streit letztlich sogar auf den Parkplatz vor dem

Fernsehstudio. Dort bewiesen beide, dass die Grenze zwischen verbalen Auseinandersetzungen und körperlichen Kampfhandlungen sehr fließend sein kann. Zum Äußersten entschlossen legte sich die MA62-Passspezialistin jedenfalls vor Speers Auto und verhinderte damit ein Wegfahren. So war auch Speer gezwungen, mit härteren Bandagen zu kämpfen. Wütend reversierte er zunächst mit seinem tiefergelegten BMW mit Sportauspuffanlage, näherte sich Waldvogel dann erneut im Retourgang und nebelte diese mit seiner CO_2-Schleuder erbarmungslos ein. Musikalisch untermalte er seine Rauchgasvertreibungsaktion mit dem Ballermann-Klassiker „L'amour toujours". Der mehr als 20 Jahre alte Partyhit war dank einer Schickimicki-Gruppe, die auf Sylt Urlaub gemacht hatte, wieder populär geworden. Diese hatte das Techno-Epos mit einem rechtsradikalen Text versehen, was die deutsche Bundesregierung wiederum dazu bewogen hatte, den Song zu verbieten. Öffentlich hatte „L'amour toujours" nun Sendepause, auf Social Media jagte er aber von einem Triumph zum nächsten. Auch bei Speer lief er seit damals in Dauerschleife.

Ob es die Missklänge des Technohits oder die drohende Kohlenmonoxidvergiftung waren, die Waldvogel letztlich dazu bewogen, zur Seite zu rollen, ist schwer zu sagen. Fest steht, dass Speer wegen der Kapitulation wieder freie Fahrt hatte. Mit Vollgas ging es nun in seine Innenstadt-Lieblingsbar, wo ihn bereits Freunde erwarteten. „Putin-

Versteher!" konnte Waldvogel dem qualmenden BMW gerade noch hinterherschreien, worauf Speer triumphierend „Regenbogen-Faschistin!" zurückbrüllte. Dann hatte die Fachdiskussion ihr Ende erreicht. Waldvogel murmelte ein letztes „Idiot", und dann ging es mit dem Elektroroller heimwärts.

Die folgende Arbeitswoche brachte für die Fernsehstars etwas Entspannung. Spielmann bekam einen Diversity-Bonus, weil sie für ihr Glücksspielunternehmen erfolgreich Schleichwerbung betrieben hatte.

Weinmann fertigte für das Management eine detaillierte Risk-Matrix an und evaluierte die aktuelle Personalfluktuation. Überrascht stellt er fest, dass Vertreter der Generation Z immer kürzer bei ihren Arbeitgebern blieben. Einige „mit großer Dankbarkeit Ausscheidende" gaben an, dass sie mehr Zeit zum Chillen bräuchten, andere gaben unumwunden zu, dass ihre Arbeit langweiliger wäre als ein Archäologievortrag auf Altgriechisch und sie daher das Weite suchen müssten.

Speer bereitete sich wiederum gewissenhaft auf seine für Freitag angesetzte Waffenscheinprüfung vor. In Zeiten wie diesen verteidigungsfähig zu sein war wichtig. Mit seiner Freundin Vera lief es indes schon lange nicht mehr rund. Während er sich gewissenhaft für den Ernstfall vorbereitete, konsumierte diese nämlich weiterhin idiotische Mainstream-Informationen, übte sich in einer „Vogel

Strauß-Haltung" und meinte zur desaströsen politischen Entwicklung lapidar: „Was soll ich als kleines Rädchen im Getriebe denn groß tun?"

Speer brachte diese Einstellung zunehmend zur Weißglut – vor allem die Tatsache, dass sie auf ihr Gutmenschen-Gefasel sogar noch stolz war.

Wirklich Grund zur Freude hatte eigentlich nur Waldvogel. Dem Speer'schen Kohlenmonoxidangriff gerade noch entronnen, freute sie sich darauf, schon am kommenden Wochenende live beim Eurovisions-Songcontest in Schweden dabei zu sein. Dieser stellte wie jedes Jahr den absoluten Höhepunkt europäischer Qualitätsmusik sowie grenzenlosen Liebe dar. Schon Monate zuvor hatte Waldvogel dank ihrer guten Beziehungen zwei der insgesamt elftausend Konzerttickets ergattert und freute sich unendlich darauf, mit ihren guten Freundin Honey Bee nach Malmö zu fliegen. Diese hatte am Wiener Magistrat wenige Wochen zuvor für Aufregung gesorgt, weil sie beim Passantrag „Bienenkönigin" als Geschlechtereintrag angegeben hatte. Waldvogel hatte den Antrag zwar ablehnen müssen, da außer „männlich" und „weiblich" lediglich „divers", „inter", „offen" und „keine Angabe" zur Auswahl standen, dennoch waren beide augenblicklich neue beste Freundinnen geworden. Der Wochenendtrip nach Malmö markierte nun den ersten gemeinsamen Urlaub.

Mit einer Playlist der größten ESC-Songs ging es am Samstagmorgen nach Schweden. Der diesjährige Wettbewerb versprach Großes. So hatten es unter anderem eine singende Lasagne aus Kroatien und ein Schweizer im Rüschenröckchen und Rosenbustier ins Finale geschafft. „Baby Lasagna" vertonte mit seinem Song „Rim Tim Dagi Tim" den inneren Kampf zwischen Selbstbestimmung und dem Verharren in einer liebgewonnenen Vergangenheit.

„Ay, I'm a big boy now
I'm ready to leave, ciao mamma ciao
Ay, I'm a big boy now
I'm going away and I sold my cow"
sang der von Fernweh Gepeinigte. Der Mann aus den Bergen widmete sich ebenso dem Thema Selbstfindung, überzeugte aber zudem mit einer Falsettstimme, gegen die Mozarts Königin der Nacht wie Jonny Cash nach einer durchzechten Nacht klang. Eindrucksvoll trat er die Nachfolge eines grazilen Österreichers an, der zehn Jahre zuvor in einem goldenen Rüschenkleid den ESC-Olymp erklommen hatte. Die bärtige Frau namens Conchita Wurst hatte sich damals wie ein Phönix aus der Asche erhoben und eine musikalische Hochphase eingeleitet, die nun in non-binärer Lasagne ihren Höhepunkt fand.

Als Waldvogel und Honey Bee sich in der Malmöer Konzerthalle eingefunden hatten, jagte jedenfalls ein musikalischer Leckerbissen den nächsten, und die Flaggen der

Diversität wehten so bunt wie nie zuvor. Wie immer war das Voting frei von politischen Präferenzen, und wie immer repräsentierte das endgültige Ergebnis das Beste, was Europa musikalisch bieten konnte: So standen in jenem Jahr der Pirouetten drehende Schweizer Rüschenprinz und die kroatische Lasagne in der Publikumsgunst ganz oben. Der Schweizer Vertreter bezeugte musikalisch, dass er durch non-binäres Code-Knacken das Paradies gefunden hätte. Die Lasagne, die zum Mann gereift war, belegte den zweiten Platz. Alles war wunderbar, und als Waldvogel und Honey Bee am nächsten Tag zum Flughafen fuhren, stand für sie außer Zweifel, dass sich ganz Europa nach einem bunten, freien Kontinent verzehrte. Voller Elan ging es daher zurück nach Wien, wo Waldvogel in den drei verbleibenden Wochen bis zur Europawahl ganze zwei diverse Pässe ausstellte und sich gegen die rechte Gefahr öffentlichkeitswirksam die Zähne putzte.

Finsterlingpartei-Sympathisant Speer hatte an jenem Samstagabend freilich anderes zu tun. Er war mit seinen Jungs beim Lokalderby Rapid gegen Austria. Was dort geboten wurde, hatte mit dem schwedischen Gesangswettbewerb wenig zu tun, war aber nicht minder aufregend. So bildete sich ein Vollidiot ein, vor dem grünsten Stadion Wiens violette Parolen schreien zu müssen, was sich seine Freunde natürlich nicht gefallen ließen. Speer vermöbelte den Trottel nicht selbst. Vera hatte ihn am Tag zuvor endgültig verlassen. Er habe mit dem Mann, den sie einmal geliebt hatte, angeblich nichts mehr gemein, meinte sie. „Jeder bekommt das, was er verdient", ging es ihm durch den Kopf, und dann verließ er mit einer seltsamen Genugtuung das Stadion.

Risikomanager Weinmann verfolgte am besagten Samstag weder den ESC noch den Klassiker Rapid-Austria. Er war mit seiner Frau Verena im Theater in der Josefstadt, wo man Elias Canettis „Die Blendung" gab. Das seltsame Stück aus dem Jahr 1936 strahlte etwas Beunruhigendes aus, und der Protagonist, ein verschrobener Gelehrter namens Kien, tappte bis zu seinem Untergang orientierungslos durch sein Halbleben. Sinnlose Monologe führten die Schauspieler vom Anfang bis zum Ende und weigerten sich standhaft, einander zuzuhören.

„Ich begriff, dass Menschen zwar zueinander sprechen, sich aber nicht verstehen; dass ihre Worte Stöße sind, die an den Worten der anderen abprallen; dass es keine größere Illusion gibt als die Meinung, Sprache sei ein Mittel der Kommunikation zwischen Menschen. Man spricht zum anderen, aber so, dass er einen nicht versteht."

„Die Blendung" frustrierte Weinmann zutiefst. So sehr die Hauptpersonen des Stücks auch versuchten, sich verständlich zu machen: Ihre Worte führten ins Leere, und so verließen er und seine Frau nach dem Ende des Stücks rasch das Theater. Eine seltsame Nostalgie, die nicht direkt mit dem Stück zu tun hatte, erfasste ihn an jenem Abend: Zwanzig Jahre zuvor war alles noch so überschaubar gewesen. Ab und zu hatte der eine oder andere ein krummes Ding gedreht. Trotzdem stellte das in Österreich die Ausnahme von der Regel dar. Irgendwann einmal hatten aber die Extreme Einzug in den Alltag gehalten. Weinmann versuchte einen konkreten Zeitpunkt zu finden, ab dem alles „ver-rückt" geworden war. Es gelang ihm nicht. Vielleicht hatte es mit der Finanzkrise im Jahr 2008 begonnen, vielleicht war es auch später geschehen. Ehemalige Selbstverständlichkeiten hatten damals jedenfalls begonnen nicht mehr „selbstverständlich" zu sein. Immer öfter weigerten sich die Menschen „normal" zu sein. Beleidigt zu sein wurde zunehmend ein politisches Statement, und man duldete keinen Widerspruch. Ein verheerender Krieg in einem fernen Land brach aus und sorgte für Flüchtlingsströme nach Europa. Die damalige deutsche Kanzlerin versprach, dass man alles „schaffen würde". Irgendwann glaubte man ihr aber nicht mehr. Einige Jahre später hielt ein bisher unbekanntes Virus die Welt in Atem. Das erste Mal seit dem Krieg wurde den Menschen verboten, ihre Wohnungen zu verlassen. Das zerstörte noch mehr Vertrauen - Vertrauen, das durch das Aufkommen der „künstlichen Intelligenz" weiter erschüttert wurde. Immer öfter tauchten Videos auf, die mit täuschend echt wirkenden Stimmen, Bildern und Videosequenzen Falschinformationen verbreiteten. Immer schwieriger wurde es, Wahres von Falschem zu unterscheiden, und so folgten die meisten Menschen bald nur mehr jenen Medien, die ihre Meinung ohnehin bestätigten.

Weinmann fühlte sich an jenem Abend erstmals alt – wobei „alt" möglicherweise das falsche Wort war. Er fühlte sich vielmehr „fehl am Platz" – so, als wäre das alles nicht mehr seine Welt. Rein äußerlich hatte er eigentlich keinen Grund zur Klage. Seine beiden Kinder waren erwachsen und gingen ihren Weg. Er war glücklich verheiratet, und auch beruflich war er bisher von den alljährlichen „Get ready for the Future"-Restrukturierungen verschont geblieben. Trotzdem hatte er bereits seit Längerem das Gefühl, dass jene Werte, die er von seinen Eltern übernommen und hochgehalten hatte – Leistungswille, Kompromissbereitschaft und langfristige Planung – einfach nicht mehr zeitgemäß waren. Moralismus und Aktionismus hatten jetzt Hochkonjunktur. Zu jedem Thema wurde eine Meinung eingefordert, wobei das Thema selbst nie hinterfragt wurde. Antworten wie „Es ist mir egal" oder „Ich habe dazu keine Meinung" waren unerwünscht, und wenn man sie sich doch erlaubte, galt man schnell als unbelehrbarer „alter, weißer Mann".

In den letzten beiden Wochen vor der Wahl studierte Weinmann dennoch ein letztes Mal unvoreingenommen die Programme der zur Auswahl stehenden Parteien. Seine bisherige Stammpartei wollte ein „Europa, aber besser" und betonte ihre unerschütterliche Liebe zur Mitte.

Die zweite Partei wollte ein „faireres Europa", aber auch mit „Herz und Hirn für ein besseres Österreich" eintreten. Die „Neuen" wollten mit dem „Postenschacher" Schluss machen und auf Bildung setzen.

Waldvogels Partei schied für ihn aus, da sich ihm der Zusammenhang zwischen „Pride-Paraden" und kluger Wirtschaftspolitik nicht erschloss. Auf Speers Partei reagierte er wiederum wie ein Pawlowscher Hund. Mindestens fünfzig Jahre hatte man ihm eingedrillt, dass Patriotismus nur ein anderes Wort für Nationalismus war und die Finsterlingpartei alle in den faschistischen Abgrund führen würde. Das hatte Wirkung gezeigt. Eine mentale Sperre verhinderte seit damals, dass er der Partei jemals sein Kreuzchen schenken würde.

Speer kannte eine solche Sperre gewiss nicht. Seit seiner Trennung von Vera hatte er seine Social-Media-Aktivitäten weiter verstärkt und wetterte unermüdlich gegen Amerika, den Brüsseler Bürokratismus, gegen den Islam, gegen eine hanebüchene Klimapolitik und gegen eine korrupte Elite, die den einfachen Mann versklavte. Speers klare Worte stießen auf Gehör. Nicht weniger als fünf Zeltfeste besuchte er mit seinen Freunden in der letzten Woche vor der Wahl. Bei diesen zeigte sich eindrucksvoll, dass einfache Lösungsvorschläge immer noch am besten ankommen und es eine direkte Korrelation zwischen Alkoholkonsum und ideologischer Begeisterungsfähigkeit gibt.

Zwei Wochen später strömten schließlich mehr als 3,5 Millionen Menschen zu den österreichischen Wahlurnen und weitere 1,4 Millionen gaben ihre Briefwahlstimme ab. Weinmann war selbstverständlich keine Ausnahme. Ein gutes Gefühl hatte er dennoch nicht. Bis zu seinem Eintreffen im Wahllokal hatte er keine Ahnung, welcher Partei er sein Kreuzchen schenken sollte. Selbst nachdem ihm das Wahlkuvert ausgehändigt worden war, wollte sich der Nebel in seinem Kopf partout nicht verziehen. Er begann zu schwitzen, zog sich in die ihm zugeteilte Wahlkabine zurück, entnahm dem hellblauen Kuvert den blütenweißen Wahlzettel, nahm einen Kugelschreiber zur Hand und ... erstarrte.
Ganze drei Minuten überlegte er angestrengt, wobei ihm seine innere Stimme ohne Unterlass „Die Qual der Wahl" zuflüsterte. Erst wollte er den „Neuen" eine Chance geben, dann holte er sich die Wahlprogramme der „Besseren Europa"-Partei und der „Faireren Europa"-Partei ins Gedächtnis. Alle drei hatten ihn aber nicht überzeugt. Selbst die Finsterlingpartei zog er in Erwägung. Doch meldete sich erneut der Pawlowsche Hund in ihm und klopfte ihm auf die Finger.
„Ist alles in Ordnung bei Ihnen? ", rief ihm schließlich ein freundlicher Wahlhelfer zu.

„Bin gleich fertig!", entgegnete er, und dann trat sein Kugelschreiber endlich in Aktion. Es folgte das leise Rascheln von Papier, und wenige Sekunden später flog ein weißer Gegenstand majestätisch aus der Wahlkabine.

Weinmanns akkurat gefalteter Papierflieger landete direkt auf dem Tisch der Wahlhelfer.

„Ich hätte gerne meinen Personalausweis zurück", sagte er leise und verließ dann das Wahllokal.

„Das ist heute schon der Zehnte, der die Nerven wegschmeißt", meinte der Protokoll führende Wahlhelfer und seufzte. Weinmann hatte allen neun kandidierenden Parteien seine Stimme geschenkt und außerdem ein „Es ist zum Weinen, das Ganze!" über die Parteinamen geschmiert.

Nicht nur Weinmann wählte an jenem Tag weiß. Tausende Österreicher taten es ihm gleich. Im Allgemeinen erreichte die Wahlbeteiligung und die Abgabe gültiger Stimmen mit 4,9 Millionen aber ein sehr hohes Niveau. Speers Finsterlingpartei feierte dabei ihren ersten Wahlsieg. Ein „Tag der Abrechnung" und ein „Denkzettel" sondergleichen wäre die Wahl gewesen, jubelte der Chef der Finsterlingpartei. Die anderen sahen das naturgemäß weniger euphorisch. So ärgerte sich der die politische Mitte liebende Kanzler, dass seine Partei schlimmer Federn gelassen hatte als ein Weihnachtstruthahn. Die Herz&Hirn-Partei hoffte wiederum inständig, dass die Wahlbehörde bei der

Stimmenauszählung nur einen Excel-Summenfehler gemacht hätte und sie in Wahrheit vorne läge. Am schlimmsten traf es aber die Naturfreunde-Partei. Ihr Stimmenanteil schrumpfte schlimmer zusammen als ein Wollpullover nach einem 95 Grad-Waschgang. Ihr Parteivorsitzender musste daher einräumen, dass man bei der Themenwahl vielleicht den einen oder anderen Fehler gemacht hätte.

Denk verfolgte den Ausgang der Wahl mit großem Interesse. Die Ergebnisse deckten sich mit seiner Hypothese, dass autokratische Regierungsformen in Zeiten zunehmender Unsicherheit an Beliebtheit gewinnen. Tausende Studien hatte er zu diesem Sachverhalt evaluiert und war zum Schluss gekommen, dass liberale Demokratien im 21. Jahrhundert mit hoher Wahrscheinlichkeit ein Auslaufmodell sind. Diesen Sachverhalt thematisierte er eine Woche später bei einer weiteren Fernsehdiskussion, wurde aber erneut nicht gehört. Die Vertreter der Mitte-Parteien waren viel zu sehr damit beschäftigt, sich gegenseitig zu beschuldigen, und Waldvogels Partei hatte sich entschieden, gar nicht im Fernsehstudio zu erscheinen.

Generell veränderte sich der politische Ton nach dem „Superwahljahr 2024" aber erheblich, und diese Entwicklung verstärkte sich im Jahr danach noch weiter. Nur an Denks Passion für Zeitgeschichte und politische Philosophie änderte sich wenig.

Er schreibt momentan an seinem neuen Werk „Entstehung, Blütezeit und Niedergang liberaler Demokratien". Dieses hofft er spätestens im Jahr 2030 abzuschließen. Nach dem bescheidenen Erfolg seines Kant-Epos möchte er diesmal die magische Verkaufsgrenze von 1.000 Stück überschreiten.

Anspieltipp :

Europa (2000)

Falco

PS: Die vorliegende Geschichte ist selbstverständlich fiktiv, thematisiert inhaltlich aber den Songcontest 2024 sowie die Ergebnisse der Europawahl und der österreichischen Nationalratswahl 2024.

Ein kurzes Schlusswort

Gerade einmal fünfzehn Monate sind zwischen der Niederschrift des ersten und des zweiten DigiTellers-Kurzgeschichtenbands vergangen. Verändert hat sich in dieser kurzen Zeit aber enorm viel. Lächerliche Social Media-Beiträge über grenzenlose Passion, Customer Centricity, Diversity etc. sind mittlerweile seltener geworden. Inhalte dürften ein vorsichtiges Comeback feiern, was zu begrüßen ist. Leider hat diese Prioritätenverschiebung aber auch handfeste ökonomische Gründe. Österreich und Deutschland stecken mittlerweile in einer wirtschaftlichen Rezession. VW Deutschland plant gegenwärtig (i.e. November 2024) 30.000 Mitarbeiter zu entlassen, und das Gespenst der Deindustrialisierung geistert immer öfter durch Europa. Anhand dieser jüngsten Ereignisse zeigt sich, wie rasch unternehmenspolitische Pseudowerte in sich zusammenfallen, wenn die ökonomische Basis erodiert. Auch politisch weht seit einigen Monaten ein anderer Wind. Die tendenziell links-liberale und auf Pseudomoralismus aufgebaute Politik der letzten Jahre scheint ihr Ende erreicht zu haben. Nationalistische Strömungen gewinnen wieder an Bedeutung, und es ist zu befürchten, dass das politische Pendel schon bald ins andere Extrem ausschlägt.

Die beiden Erzählbände „Einmal raus aus der Komfortzone und wieder zurück" sowie „Weit außerhalb der Komfortzone und trotzdem nie am Ziel" dokumentieren als satirisch überhöhtes Zeitdokument die halbherzig postulierten Pseudowerte der letzten Jahre. Im Unternehmenskontext, aber auch auf politischer Ebene, werden diese sicherlich schon bald vergessen sein. Es wäre aber wünschenswert, wenn die verbrannte Erde, die durch sie hinterlassen wurde, nicht völlig vergessen wird. Das schützt vor weiterem Bullshit-Bingo, vor allem aber vor populistischer Propaganda – die seit einiger Zeit wieder Hochkonjunktur hat.

In diesem Sinne: Herzlichen Dank für Ihr Interesse an den DigITellers und alles Gute!

Ihr Ernst Macher

Anspieltipp:
Goodnight Song (1993)
Tears for Fears

Wollen Sie auch mit Band 1 & 3 Ernst machen?

Einmal raus aus der Komfortzone und wieder zurück

Neues aus der Welt der DigITellers

Ohne Rückgrat geht's auch!
33 Regeln für Ihre Turbokarriere

<u>beziehbar:</u>

- Im stationären Buchhandel
- bei den üblichen Verdächtigen
  (Amazon, Thalia etc.)